南部風情
及其他

趙滋定 著

趙滋定散文集早期作品之一

自序

個人從事文學創作，自一九六一年首篇詩處女作發表於《自由青年》以來，寫作歷史已歷半個世紀，其間對詩、散文、小說、兒童文學及評論等，均有所涉入。茲今將原已於報章雜誌發表過的作品重新檢視，並予分類結集。

個人所以要再自行檢視，或者是因發表當時仍有疏漏，應予補空；或者因時空轉變，人生歷練不同，感悟與所得不同，值諸結集發表之際，因之增補其內涵，慎重其事，此或可謂係「第二次寫作」。也因係定義為「第二次寫作」，所以進度費工，與初創類同；惟其絞盡腦汁的苦楚，自也是苦行之態勢，個人願意承受。

就個人散文創作來說，對其早期作品，將都為二集，其一為本集的《南部風情及其他》及第二集《麻雀情及其他》；至於後期作品，則另行研議處理。

本集《南部風情及其他》，共分「童年歲月」、「山與水」、「鳥與樹」、「山水旅遊」、「司徒凱如此說」及「其他」等六輯。為方便學子研究，瞭解演進脈絡起見，各輯內文章，大致按發表日期順序排列。並以隨筆方式，或寫重讀感悟，或寫其創作主題，或予分析其內涵，都為〈自序〉，此或許有助導讀。

第一輯「童年歲月」，內含十八篇。

1.〈那個除夕〉：人在少小時，對「死亡」通常是懷著恐懼的心理，因為「死」是一種未知與不明的世界，如果死後仍有靈魂與感知的話；而人在長期被壓抑的情況下，對「權威」也惟有屈服與忍受的份了。但那種被「權威」壓迫的感受，是會終其一生留存，歷久不滅的，而且勢將長期的影響著其個人的心靈成長。雖然對那種恐懼與無奈，其苦楚或許會隨著時間的洗滌而淡化，但其印象仍將鮮明如當時。

該文敘述作者在除夕的那一天，當兄弟大伙兒都興高采烈的在準備過新年的時候，卻被派去清除「死貓」的工作，那種自怨自哀、憤懣與孤立、被排斥的感受，其印象歷久不滅；該文即在描述作者對當時那種恐懼的過程與孤單、無助的無力感。

2.〈憶犬一Ｓ〉：該文發表前，曾投寄其他報章雜誌；而那位退我稿件的編輯，曾附上評語。記憶裡，其評語大意似是寫著：「此文似在寫某人之死，是寫人，是在罵人，不是在寫狗」。

其實，他的講法，只不過是拘泥於作者在文中使用了第二人稱的「你」來稱呼「狗」而已。再則，人與狗又有什麼不同呢？狗也是活生生的生物，與人相同，有其飲食需要與情感表現，以及生死毀滅的歷程，就「土地倫理」觀點來看，人與狗也都只是浩瀚長遠演進歷史的一粒沙而已，不足掛齒的。參者，在文學的作品裡，常有擬人化的描述，將「狗」擬人化，賦予狗有人類的思考與感情；而且在日常的生活裡，我們更常可見到有人對狗的愛護，尤甚於對其子女的情形。

最近聽人說：有結婚多年的夫妻，雖其父母久盼其媳懷孕生產，卻是苦無消息；而該夫婦養有一犬，夫婦卻視其如子女，愛護有加，經常是左一句「給媽媽抱」、「爸爸餵你」，右一句「媽媽愛你」、「給爸爸親親的」的。此種感情的共構與宣洩，該夫婦這種人類，似已將其「愛犬」視如其子女，而不僅如同我將「狗」視為「人」一樣的情感而已。可見人類文明更加進步以後，對待萬有，已會更加保護牠與愛護牠了。

該文敘述台灣島發生瘋犬病時，當時的人人自危，以及當時鄉公所大肆撲殺狗隻的事實；也描述作者與該犬的豐厚感情，對其安危寄以深厚關懷。此外，也對該犬的可愛與其種種生平的點滴，作詳細描繪；並針砭人類的自私與對待其他動物的殘暴。

3.〈蕃薯〉：就蕃薯的習性、作者與蕃薯結緣的林林總總、蕃薯與台灣人性格之相近契合，以及作者童年歲月的艱苦生活等，多有著墨。

4.〈伍哥〉：寫阿海與伍哥之間相處的互動。從阿海被派去賒米的感受、被派去處理吊掛在叢樹上的死貓的恐懼、阿海生活上的小點滴等，而點出人與人間的相處與成長，總會有愛、怨、不滿、感激與關懷等情緒相互糾葛；而這就是人生。

是凡是人，其行為總會有善與惡交互參雜，人只有大好與大壞，或小好與小壞，在程度上有不同而已。這就是說世上很少有十全十美的大善人，也少有十惡不赦的大壞人，只有偏向好與偏向壞之別而已；而人的生命有限，所以積極提昇向真向善向美的胸懷，應是每個人所當著力的。學習向真向善向美，學習容忍、關懷與體恤，更是培養、提昇人文素養的要務。

5.〈老家的大榕樹〉：人在其幼年期及少年期裡，其心地最是多愁善感，也最具赤子之心。在那時期裡，你會沒來由的為飄風、為飄雨而傷感，也會為落花、落葉而憂傷；何況是對朝夕相處，那些與人類相同，具有生命體的動、植物，當是更具情感、更瞭解與更關懷。人由於與動植物朝夕相處，雖僅是一草一木的，或一隻貓一隻狗的，但對其印象都會有很深刻的意會與認識，並且鑲嵌於心裡。而當你的內心裡，對其有深刻印象，在有為文的衝動時，你必會去陳述。

該文寫大榕樹的形貌與苦難、作者與大榕樹間的相處、製作「葉笛」與爬樹的樂趣，並對作者從樹上掉下來受了傷的前因後果，予以特別著墨，同時也剖析人性具有「為怕受到責罵或懲罰而撒謊」的劣根性。

人的劣根性很多，但撒謊為其大惡，除了「善意的撒謊」以外；因為撒謊都是為了求名、求利、求權位，避免負責、受指責與被懲罰。

人而經常撒謊，不免變成雙重人格，就不會擇善固執或期其有人文素養的提昇；對此種人，其官再大，其勢再強，都只是外在的顯赫而已，其惡臭內裡是不值得一瞧的，因為這種人是包藏惡心的，是壞事幹盡也不後悔的。西方人將所有的人都先當為好人，並首重誠實性；其素養實應為東方人學習。

6.〈夾克的盼望〉：人有食衣住行育樂基本需求，此係為保障其生命存在與延續所需。對一位置身貧窮家庭的子女來說，希冀擁有一件禦寒的夾克，就是其很大的願望了。作者並非苦行僧，亦非修道的印度人，以受苦受難為解脫心靈桎梏的良方；何況當時作者尚僅年少輕狂，無知於修心養性與棄絕物慾，不免有所要求。發表此文，一則在描述當時物質生活之貧困，記錄自已的生活，再則也是對於當時的富人或者今日的充沛物質生活，上天已太厚愛，理該珍惜。

7.〈憶五分仔車〉：五分仔車作為赴外地上學，以及其對當時的台灣經濟發展，助益交通運輸，闕功甚偉，有目共睹。姑且不管事情的該不該或對與錯，作者對於其在五分仔車上及車站上的見聞與感想、互動、思懷，均琢磨甚深。

8.〈小球鞋與腳丫板〉：很奇怪的，作者年少時對沒有得到的衣飾物，何以會有特別感觸，難道作者是一位那麼在意外在的人嗎？所以在本集裡，才會相繼出現〈夾克的盼望〉及本文。其實，長大後作者一直認為有衣蔽體即可，不尚華麗高貴的，萬一非得穿戴上華麗高貴的衣飾，也常感拘束；有甚多次，內子總說作者每天穿得如同撿破爛的一樣。

作者一直認為「人」之可愛，在於其內在修為，而不是華貴富麗的炫耀；雖然作者對華貴富麗的衣飾，有時在視覺上也會感受其美。該文寫出：人常因好面子，而自嘗苦果。

9.〈憶童年放風箏〉：小孩子的好玩與模仿是上天賦予的學習能力，也從好玩與模仿中，學到許多經驗與技能並發展其智能。

其實，那時候作者也學過折紙，那是照著大陸開明書局發行的書學的；其次也學過吹口琴、拉胡琴的，只是自己沒音感，對玩樂器更沒耐心，當然只是胡鬧一通而已。

10.〈在童年的蟬喧裡〉：在南部鄉下過童年，蟬喧從初夏開始，直到初秋，尤其在仲夏時節，那種豔陽高照裡，更是蟬喧處處鳴喧。在那時節裡，雖然大地上的百蟲、百鳥競相爭鳴，把個大地喧鬧得非常熱鬧，而蟬喧總是依舊清晰可辨的。

草蟬，那種常躲在草叢裡、稻田上，滿身青綠色的蟬體，其鳴喧固是短促的「唧唧」聲而已；然有一種躲在樹上的蟬，體型較草蟬大上三、五倍的，其體漆黑色或褐色，外型看來就是強壯有力。

那種黑蟬或者褐蟬，每在樹尖上嘶喊，其鳴尖銳高亢，又歷久不衰；此固是南部夏天的特色之一。

人而常久置身於某一環境，當環境改變，或自身遠離當時的環境，離鄉背井的為五斗米而折腰，有時倒還常回憶起那個南部純樸的環境；尤其是在新環境或新時間裡遇到挫折、孤獨寂寞或不適應時，更是想念個人幼年及少年時期，那種有父母當靠山保護的時候，還有那個純樸小鎮，或許可稱為寄託吧！而且也由於有寄託，而得以舒解失望、苦悶、挫折與憂傷。

11.〈鳳凰木之頌〉：鳳凰木是一種很熟悉、很常見的樹木。它們陪伴過作者度過青澀歲月，而在台南讀書時，亦是朝晚睹見其英姿，有故友之感。

在人生歷程裡，作者是內斂、孤獨、木訥的，所以一向對那些不言語的草木，更是心有所寄。鳳凰木是落葉樹，春來萌發新綠，夏天是羽葉翠綠伴隨朱紅競豔的花朵，秋來則細小黃色羽葉紛飄，而冬天則成枯槁的枝椏。每年裡其變化之多姿，令人驚豔，也令人傷感，但鳳凰木又何曾言語過？學習「靜定慮」，不尚花言巧語，不尚多言，或許也是增進個人修養的起點；而此也是提昇個人人文素養的重要法則。

12.〈苦竹樹林下〉：其成竹較諸綠竹、麻竹為粗碩，主要是做建材用，以其竹筍苦澀，因之不以為食。其實，後來才知道的，不管是哪一種的竹筍子，都是可以食用的，只要煮得夠久，棄其苦澀味後，並不難入口。但在那種苦竹被認定為不能食用的時代裡，如採食之，就是很奇怪的事了。

作者曾讀過很多小說，那是在初中一、二年級的時候，包括法國、俄國、德國、美英日等國的世界名著；在那些名著裡，有些是描寫二次大戰前後時期的小說，其中也經常描述到，因饑餓而採食野生植物的果實、樹葉或草根，以之果腹。甚至有些描寫到，人與人間的互相殘殺，其目的不是為理想，也不是為其民族主義，更非為了戰爭勝利，而只是為了個人生存，為了個人苟延殘喘，殺對方而取其腿肉食之，以苟延殘喘數日而已。

我當兵時，曾遇到一位老兵，他有一種根深柢固的思想，認為：「老虎可怕，牠會吃人，毒蛇可怕，牠會咬人；其實牠們都不是最可怕的，最可怕的是人！」

我不知道他是否有感而發，而當時也沒有深思其意，只認為他未免太悲觀！一直到我從職場下來以前的數年裡，我才深深感悟到，莫須有的被打壓、栽贓、羞辱、恐嚇，而且是一群人為之，而這也讓我更深入體會到威權治理的恐怖及受難者的無辜！他們奉命行事，他們因我的意見與他們相左，他們只因我不是他們那一掛的！而這也讓我看清那些高官的醜陋面，雖然別人會有不同看法並且認為他們很好！

所以說，就以上種種面相看，其實苦竹筍也不是不可採食的；何況採食這種苦竹筍，還不會有中毒或拉肚子或生命的危險，較食用不明野生植物安全。

13.〈釣青蛙〉：此文用詼諧語氣，強化其趣味性。其實，其主要目的有二：一、對目前台灣河川已遭污染的反思，希冀台灣人自我節制，講究保護河川水資源與水產資源，恢復河川原有乾淨清澈面貌，讓水中生物也有快樂的生活環境，更可豐富水產資源。其二、則是在說，每個人的人生旅途中，有許多事情是不可預料的；即使走正道，還是常會面臨惡魔干擾與打擊；而此就是宗教界或有識之士所欲改善的，好讓這個世界可以更加的祥和。

14.〈羊咩咩的呼喚〉：寫的是個人與羊油麵線、羊肉羹等的喜愛互動，兼及母親的慈愛；而後，突然有一天，我不再品嚐任何與羊肉、羊油等有關的料理。雖說在文章裡，個人自嘲並透露其主要原因是認知自己在十二生肖裡是屬羊的關係；其實，究其內裡卻是對人性善良面的溫馨、關懷與友愛的喪失與痲痺的省思。

因之，從個人將小黑羊從小養到大，以迄其「不見了」的悲傷，與深深認知羊的溫馴、可愛的屬性，而化成愛屋及烏而不忍食其肉，自也是人之常情。再者，人們年輕時的血氣方剛，經過歲月的折磨與事有不順遂，自也會看開世間事，向命運低頭，走向平和與無爭；即使在世時，從不向命運低頭的人，最後還是會向自然法則的「死亡毀滅」低頭。而宗教意識，有時是隨人的老化而增長的。

15.〈故鄉〉：每個人都會有故鄉，那是呱呱落地時的第一片土地，接著在那裡生活，也開始成長；那麼，人就跟這一片土地臍帶相連了，而這一片土地也營養了人的成長。有一天，離鄉背井在外地讀書，或者去外地工作、謀生；當苦悶、憂鬱、受挫、徬徨無依，或者興奮、高興、欣喜，霍然的回過頭來，你會去檢視你呱呱落地的原鄉，你會去思鄉去懷想。而且那是最初始的情感，那是對故鄉的愛。

對故鄉的人事物，你會包容，你會諒解，因為你最是瞭解故鄉了；只因你曾經在那裡與他們或是它們呼吸著同一口的空氣。每個人都會有一個故鄉深埋在內心裡，那是最深沉、最內裡的寄託，最沉甸甸的美麗負擔。

我的故鄉，雖然那裡有沉隱的腐麻味道，依舊是我所懷念；何況那清澈的水，是犧牲自己的清澈，去成就黃蔴絲的雪白，具有至高情操。

16.〈裸足的悸動〉：足是陸上各種有足生命體，本身與地表最貼近的部位。以時下流行的足底按摩來看，渠謂足與手分布了最多的穴道，而人體各器官的健康狀況，均會反射到足底的穴道部位；亦即按摩足底穴道部位，非僅可瞭解各器官之健康狀態，且適度按摩，也可改善受傷的器官或和緩其症狀。

裸足，亦即不著皮鞋、布鞋、拖鞋等任何種類的鞋子，而用腳底直接接觸地面去感受地氣；腳底皮膚及穴道直接接受地面或者說是土地的刺激，就有如按摩足底穴道的作用一樣，可減少病痛產生，有益健康。

其實，在我們小的時候，由於貧窮關係，都是光著腳東跑西跑的，而那是有益我們的健康與成長的。對腳板的解放，那是最快樂的事了；所以作者一到中央大學，「望著滿山遍野的碧綠青草地；我不禁脫去了皮鞋、襪子，就那麼樣的忍受著一丁點的刺痛與癢癢的舒服感，而踩進草皮裡。」同時也喚起了回憶童年的時光，而「一下子的，那頑童的情景就浮現在心頭了，我拔足狂奔了好幾圈，還吆喝著、呼喚著。」

17.〈撿拾〉：以往在鄉下成長的小孩，如果那裡有溪有河的話，大致上都會有捕魚、捉蝦、拾蚌殼、摸小蛤蜊的經驗，甚至於在飼養鴨群所在地附近的溪河裡，也可以摸到鴨蛋；因為鴨主人每天都會定時的，讓鴨群自由自在的在溪河裡悠游，所以有時鴨子就在溪河裡產下鴨蛋了。只是在溪河中撿到的鴨蛋，很多是「壞蛋」，其外殼已變成灰色，剖開來就是一股難聞的腐臭味沖鼻而來，因為這種蛋已在水中浸泡太久了；但是，運氣好的話，也會撿到「好蛋」，那是白色的蛋殼，打開來看，依舊是蛋黃、蛋清分明的。

18.〈撿露螺〉：台灣的小吃，在六、七十年代裡，曾有相當風行的炒露螺，是用九層塔、辣椒、大蒜、酒，以大火爆炒，並加入醬油與味精；其味道是九層塔香氣撲鼻，掩蓋辣椒和大蒜的辣味，而露螺肉本身並無任何的腥臊味。在七十年代那一次的通貨膨脹裡，民生物質飛漲，帶來房地產、股票暴漲；而那時的調味料——味精，同樣的也是飛漲，而且還缺貨。

小店家不堪作料成本的飛漲，紛紛改用蔗糖來代替；有小店家問我：「可不可以改用糖來代替？因為你是熟客，你給我個意見。」我說：「那味道就會不一樣了，還是以不改為宜；因為你作出來的口味就不是原來那樣的了，而你的顧客所吃到的也就不是那種口味了，以低價糖代替高價味精，就是欺騙你的老顧客。」

後來，也不知道什麼原因的，我沒再去吃那一個攤位的炒露螺了，甚至可以說，我沒再吃過炒露螺肉了。其實，當時我的講法是一種「堅持」，而小店家的想法是一種「適應」與「改進」；各有所本的。人類文明的演進，有時是一種變動，而變動後的結果能被大多數人所接受，則其所變新樣式或新作法，就成顯學了。

該文對外來種——露螺的移入，其相關的原因、生長屬性以及如何食用等，均有描述，並呈現台灣的炒露螺小吃文化。

而第二輯「山與水」，則內含〈雲〉、〈溪水〉、〈小草〉及〈紫貝殼〉等八篇；而第三輯「鳥與樹」，則內含〈椰子樹〉、〈白鷺鷥〉及〈木棉樹〉等六篇；第四輯「山林旅遊」，內含〈五峰瀑布〉、〈問摩天瀑布未竟記〉、〈溪頭之遊〉及〈知本森林遊樂區〉等九篇；均是筆者對萬事萬物的懷念與對人間事的省思。

第五輯「司徒凱如此說」，該輯總結起來，其實就是在鼓吹人要走出城市，走入大自然，去擁抱大自然的原野；此非僅可強身，減少病痛，延年益壽，亦可改造風氣，以成和諧進步的社會，並可培養「仁民愛物」的人文思想。

至於第六輯「其他」，其中〈草〉、〈黑色星期五之戀〉、〈時間・智慧〉及〈獻〉等四篇，均屬筆者在成大主編《成大工管系報》時，因稿件來源不足，半夜趕出來的作品，大致上在表達當時對課業的壓力、愛情的憧憬、自由與流浪的夢想等；而第五篇〈圓山冰宮那女郎〉，則是對冰宮溜冰的歡樂及當時的某位國家級選手的青春舞姿的禮讚；第六篇〈蟲仔蟲仔〉，在寫夫妻生活之點滴；第七篇〈病及其他〉，則寫辦公室生活之點滴，對從業人員職場生活的反感與失望，以及對渾噩人生的絕望，對人生價值的懷疑。

（2010.11.11）

Contents

山與水

鳥與樹

山水旅遊

司徒凱如此說

其他

後記

童年歲月

那個除夕

明天就是大年初一了。在除夕的那一天，幾位哥哥圍在火爐邊炸起油炸物來；有的加木柴掌火門，有的挑起油鍋裡熟了的油炸物，有的投下和著麵粉的蔬菜或肉類進入油鍋中。一陣陣的油炸物的香味充溢室內，油香味甜甜的。而媽媽則專注著做年菜，或蒸或煮，或炒或燉。

我們兄弟一邊吃著油炸物一邊談笑著，過年的氣氛，在兩天前媽媽把甜年糕蒸熟時就形成了。而今天呀，就是要吃年夜飯的日子了，要拿到很多很多紅包的日子了；我暗自盤算著，該如何支配這筆壓歲錢。

對，先買個望遠鏡，可以望到很遠的地方；而這是我許久以來的盼望了。我的心中不禁浮現出片片的喜悅；我所以想買個望遠鏡，是想看到很遠的地方。而其主要的目的是：那時我喜歡爬很高的樹，所謂的「登高望遠」，而如果能加上望遠鏡這種利器，我在樹上眺望之時，如果有「敵人」行軍前來，我當可早早的發現，或許還可以立個大功的。隔著台灣海峽，戰爭的陰影依然籠罩著，不時的會有防空演習；而在那大榕樹下，那以大石頭與水泥築成的碉堡，說不定是隨時會派上用場的。在生命的卑微下，還要時時擔心戰爭的爆發；而到那時，將會是慘不忍睹的傷亡與妻離子散、家庭破碎。

突然，伍哥大叫著：「阿海，去把柴房後面的死貓，丟到水圳裡去！」

我一聽到有死貓，心就寒氣直逼，「死」是不祥與令人恐懼的事。何況又要我把牠帶到兩、三百公尺外的水溝去丟棄，心裡更是暗自嘀咕：你，何不自己去把牠丟掉！

可是他的拳頭比我大，在經常被大聲叱罵指揮下，「聽命行事」早已成了我的習慣。而在其權威與威嚇力猶瀰漫的今天，我是怕死他了。雖然他未曾打過我，但這也是我唯命是從，無命不聽所換來的代價。我知道，既使我千萬個的不願意，我也只得唯唯諾諾的；但我仍不甘心這麼輕易的被降服。一方面我想表現一下我還沒有被懾服的反抗，一方面我想裝瘋賣傻，我說：「在哪裡？」

「在柴房後面！你又不是聾子，假惺惺的，幹嘛！」伍哥叱責著。

噙著眼淚，我就往屋後走去；今天是過年呵，竟然要我去幹那種與「死」連結的不吉利的事。真是倒大楣，大魚吃小魚的，為什麼你自己不去丟，那是死的東西哪！在我小小的心靈裡，我總認為「死了」的動物會懾人靈魂的。平時裡，差我做東做西的，我認了，今天還不放過我！家裡又不是沒有別人可差遣囉，和我年紀相當的，還有小哥和大弟可支派哪，為什麼不派他們去做，想著想著，我的眼珠子不覺一酸的，就淚含滿眶。

雖有滿腹的委屈，我還是拿著竹竿步履蹣跚的走到柴房。一陣陣死屍的腐臭味衝著我的鼻孔就鑽。嘔，我不禁打了幾個乾嘔，痛苦的直想退下陣來；但是伍哥瞪著牛眼的樣子又在眼前晃動。

我徘徊復徘徊，久久不敢靠近死貓旁。為什麼，為什麼，一萬個為什麼停留在我心中，為什麼大魚總是要吃小魚。也不知徘徊了多久，我終於走近死貓的旁邊。

只見死貓一副齜牙咧齒狀，我禁不住的滿身直哆嗦著，我是很愛護小動物的，死貓呀，請你別把我的命也帶走，拜託拜託，中午拜拜後，我再饗你魚肉好了，我哀禱著。

牠是被吊掛在銀合歡樹上的枝椏間的。牠整個身軀的皮毛已腐臭，頸上還套著一條繩子和一疊的冥紙。我用竹竿去挑著繩結，我一試再試的，終於把竹竿穿進了繩結；我把竹竿用力的往上一挑，死貓的重量壓向了竹竿，「叭」的一聲，死貓就掉在地上了。望著死貓奇異的閃著燐火樣恐怖的眼光，我終於禁不住的號啕大哭起來，那是委屈與恐怖，孤單無依與呼救的大哭。

當我心情較平復下來，四野仍是沒有人探頭，只有哥哥們的嘻哈聲不時的傳過來。突然，我有被遺棄的感覺，在這個世界裡，沒有一個關心我的人，在這個世界，我是何其孤單的呀！後來，漸漸的，我的淚水止住了，我又用竹竿去挑著死貓頸上的繩結，這次是從地上去挑舉繩結的，比較容易勾住。摒著氣息，我小心翼翼的，以一種被遺棄，孤寂哀鳴的心情走向水圳去。

走到水圳邊，那是一條大圳，我猛力一揮的就把死貓拋向大圳裡；其實我並不知道是拋在水中呢，還是水圳邊的水草上了；反正我扭頭就往家裡跑。跑，對我有一種如釋重負之感，因為我遠離了「死貓」。我的心在叫著：我安全了，我安全了，我離開了與死貓的連結。

年夜飯上桌了，擺出來一道一道的雞鴨魚肉，可是我沒法如同往年那樣的吃得津津有味的，我依舊感到十分的委屈。靜靜的，我走出了客廳，那客廳是我們安置祖先牌位與宴客或吃年夜飯的地方，我感到渾身無力的如同生了一場大病一樣的，空虛無依孤寂；紅包還是不少的，可是我一點也高興不起來。

晚上，我做了一個噩夢，我記得我是自個兒在樹林裡漫步，那時鳥兒在叫，風兒在吹，我雀躍著，歌唱著；我偶而輕撫著含羞草的葉子，看著那纖細的小葉子一瓣瓣的翕合，這世界真的很美，我感嘆著。突然那含羞草的莖部爆裂開來，竄出了一隻猙獰的死貓屍體的頭，眼珠閃著懾人的燐光。

「不可以亂欺負動植物的，不可以將死貓的屍體丟到水圳裡的，那是很不衛生的，死貓要埋葬在土裡！」那死貓吼著。

我「救命呀」的喊了一聲，嚇得拔腿就跑；突然我醒了，原來是一個噩夢。

「怎麼啦，做夢呀！」媽媽拍著我弟弟的胸口，關懷的問著：「不要怕，不要怕！」此時，我更是感到孤單；但是，我知道我不能去怪媽媽，因為媽媽每天繁忙家事的操勞，她更是辛苦。而在睡夢中的她，聽到她的小孩子在喊：「救命阿！」她就近拍著弟弟胸口安慰著說：「不要怕，不要怕！」我又何能去苛求呢？

（刊1971.03.30台灣日報副刊）

憶犬——S

也許每一隻狗，都一樣的具有順從主人的忠心性。自從你去逝以後，雖然我們家仍是沒有一天不養狗的，以現在來說就養著一隻叫「庫瑪」的狗，而且其子孫輩也有幾隻是在我們家終老的，可見自從你去逝以後，又已過了很長的一段歲月了；可是我仍是不時的會想起你來。也許吧，也許你是我童年的伴侶的緣故。

在我六歲時，我們家正在整修邊間的房子，而你來了，以三個月小巧的身軀，踩著蹦跳的伶俐的步伐，逡巡在我的左右；你是多麼的乖巧呀，我不禁俯下身擁你入懷。我輕撫著你柔和的絨毛，心中浮起一陣難以言喻的喜悅。

你知道，我們家前面是一大片的農田，而其他的三面都是我們家廣大的庭院，距離鄰居的屋宇都還有一段不算小的距離；所以我難得和鄰居的其他的小孩子在一起玩，我只得整天找弟弟鬥嘴吵架，或者闖禍而挨哥哥的罵，怪不得我非常的歡欣於你的到來。雖然你只是一條狗，但無論如何，你是「活蹦亂跳」的動物，你能和我一起的玩，一起的跑跳。

自從你到來，每天我們——就是包括弟弟和我，還有你，總是廝混在一起。我們輕呼著你：「S，來——。」你就會擺動著你小巧的尾巴，蹦跳著鼓得圓圓渾渾的身軀來到我們的眼前。我們逗弄著你，你就會追逐在我們的背後；偶而的，你會跌倒的，整個的身子往前撲去或翻滾著。我們看著你那笨拙的樣子，我和弟弟就會笑得拍手大叫著，而此時你卻又迅捷的跳了起來，跑過來偎在我的腳邊，似是要我輕撫著你、安慰著你。

當時的台灣，正是瘋犬病鬧得最兇的時候，我常聽到有某人口吐白沫，氣息喘喘的發著瘋犬病而死的傳聞；也常聽到鄉公所有派人到處的在獵捕狗隻。時時的，我懷著恐懼的心裡，我不是恐懼自己得了瘋犬病那樣的；而是恐懼著有那麼的一天，鄉公所的捕狗人會把你帶走！所以，時常在玩耍之時，我會不知不覺的，有點神經質的左右瞧瞧看，瞧瞧看是否有陌生人的到來。

如此的經常擔心受怕的，果然有一天，該來的終於來了；有五、六個大人，手持棍棒、橫眉豎眼的壯漢來了。我下意識的把你摟入胸懷中，就往屋子裡跑，你好像有靈性也感覺得到噩運的來臨了，而在我的懷中顫抖不已。我們畏縮的躲在床舖底下，只聽有人粗魯的大聲的叫著：「有人在家嗎？有沒有養狗，我們是鄉公所派來的。」

這時你抖得更是厲害了。我把你擁得更是緊緊的了，也更往床舖底下的更深處鑽去；我在心中禱告著：但願哥哥會撒個謊，說我們家沒有養狗。可是，不幸得很，我卻只聽到哥哥回答說：「有呀！」他怎的那麼的誠實！連維護一隻小狗的生命都不會。他說：「有一條小狗。」當時我真是很恨我哥哥的，恨得入骨的；也許是抗議，也許是害怕失去小狗——S，更為求助於父母，我竟號啕的大哭了起來。我在心裡驚叫著；但是，我只能斷續的說：「不要，不要！」

這時，只聽到外面的人又大聲的呼叫著：「要不要養？」

哥哥回說：「要。」

捕犬人又說：「那要帶去打預防針喔，也要給牠帶上口罩。」那時鄉公所規定著：鄉民家裡要養的狗，一定要帶去打預防針的，並且在狗的脖子上掛上打過預防針識別的牌子；而且要讓狗嘴戴上鐵絲做成的籠子，以防牠咬人。

庭院外面嘰哩呱啦的喧嘩聲漸行漸遠了，捕犬人是走了，而我的哭聲也戛然而止了；可是你還是在抖個不停的，似是餘悸猶存。我不禁以臉頰偎著你，我輕聲的告訴你：「他們走啦，那些可惡的捕狗人走了！」

那一天之後，我們就很少再在庭院裡玩耍了，一直到瘋犬病的大流行淡去以後。

漸漸的，你長高了，絨毛也變粗變硬了；你是黑白相間的毛色的。而你的軀體，也長得很長很高了，讓我再也沒法摟你入懷了。我只得撫著你的背脊，有時甚至跨坐在你的背上半騎著整你；我說是半騎著的，那是因為我其實並沒有真正的將我全身的重量壓在你的身上，可是你總是撒嬌的坐在地上，不肯再站起身來。這時，我會輕輕的打你幾下，以責備的口吻說：「為什麼不載我！」而你則嗚嗚嗯嗯的低鳴著，一副的乞憐相。

曾記得那是一個雨季，下著大雨，從上游處流下來的水流，一分一寸的從地面上匯聚上來了，不到兩個鐘頭的光景，就漫上了我們家的石階平台。我們的家是很早就有水泥地鋪成的曬穀場的，而其後進才搭建著房子的，所以我們進家門時，一定要先步上石階平台，再走過曬穀場，才能進到屋裡的。而那時的洪水既已漫上了石階平台，可見其前的稻田已是汪洋一片的，所有的稻禾都被洪水淹沒了。

我們將書籍、棉被等易被浸蝕和易漂浮的物品往高處堆置，而雨勢卻越來越是急，不多久就淹進了房內。你蜷縮在桌上哆索著，而我依在你旁邊輕撫著你，陣陣的悸動使我也感受到「天有不測風雲」的恐懼。所幸不久，雨就停了，而水勢也慢慢的退去了，退到了曬穀場平台之下了，望著那粼粼的水波，帶著涼意的風輕拂著我的臉頰，雨後的空氣特別的清新。

望著面前的一片汪洋，突然從水面上浮游過來一尾蛇，牠掙扎著往門階上鑽，哥哥急忙拿起棍子就往蛇身上猛然的打了下去。他一棒沒打中，而蛇已竄入屋內。這時你一個急轉身的，就往蛇身上撲了過去，你的兩隻腳踩著蛇身，猛力的咬住蛇的頸部。這時蛇尾卻回轉過來，捲著你的頭部；而蛇信也左右的擺動著，紅紅的，你的身體微微的在顫抖著，你似乎是太累了。可是，你仍緊咬著牠，你的唇邊吐著口沫和血液，我慌得不知所措。也不知道經過了多久的時間，也不知道該如何助你一臂之力，我只是無能的禱告著：你將會是勝利者。

哥哥也在一旁漠然而呆立著，或許他也是想不出任何好方法去協助你。時間一秒一秒的過去了，就在我冷汗直流的當兒，你將蛇猛力的一摔，你氣息喘喘的，一滴一滴的血液自你的口中濡出。你掙扎著，很費力的站了起來，而蛇已不再擺動身軀了。我們知道你是勝利者了，我們不禁一陣拍手歡呼著，而這使你像受到無比的鼓舞一樣，你搖了搖尾巴坐了下來。

當你一歲多一點的時候，曾有幾天的時間裡，你的蹤影不見了；後來我們才發現你陳屍在兩公里外的田埂旁邊，你的身上有著很嚴重的創傷，就此你去了。你是被你所認為友善的人類所加害的，S呀，你的生是忠於人類的，你的死卻亦是根源於人類血腥的雙手。

在幾次的呼叫你回家吃飯而沒有看到你雀躍歡呼回來的身影時，我曾到附近各處去尋找過你，我企圖從別人家門口所拴著的狗隻中，去辨識是不是你；因為我以為你是被偷走了。當第三天，我懷著絕望心情，膽戰心驚於你可能已死亡時，我漫步走到田園，我想或許你不慎被農藥毒死了！因為，那時常有農民下毒餌殺野鼠，而你卻誤食了「老鼠藥」。

可是，令我驚嚇的是，我在離家兩公里外的田埂上，當我發現你時，你的身軀竟赫然是因為嚴重的棍棒創傷而死的。這可不是人類無意的殺害了你的，而那是多麼殘酷的事實呀！我沒有悲傷，我是木然的，對生死我有時的感覺是無奈的，無感知的；雖然我知道我失去了我最好的童年伙伴了。我遲疑了良久，我才拖著你的屍體回家。媽說：「死貓吊樹頭，死狗放水流。」可是我還是挖了個洞穴，把你埋葬了進去，而在你安息的地方，我種了一些野草；我想，你已回歸自然了，你將腐化成泥成土。

S啊，對別人來說，你並沒有什麼特別的地方，你只是一隻具有狗的忠心的通性而已的動物；可是對我來說，在我童年的回憶中，你卻佔了一個相當大的位置，只因為你陪伴過我，讓我度過了我的一段愉快童年；也因為你是被你所信任的人類所加害的緣故，這讓我這個「人」，很是愧疚不安。

（刊1973.03台灣日報／迺萊）

蕃薯

蕃薯是又賤價又隨處可生長的食物：不管是在丘陵上或在海邊，也不管那片土地是肥沃還是貧瘠，它都可以克服生長的貧瘠環境而生存下去。而這也可以說：蕃薯，只要有土地的地方，就可以種植它。

看看這個東西，確實是很不起眼的；但在三、四十年代時，它曾餵養了我大半的童年歲月。不錯，我童年時食用的糧食，最多的印象，也最是深刻的，而且有時還要含著辛酸與委屈的，甚至於希望明天沒有它的食物，都是這不起眼的蕃薯。

蕃薯，在我有記憶之時開始，一直到我初中的時候，在那十幾年的歲月裡，我差不多每天都非要食用它不可；甚至於連初中三年所帶的便當，它都要插上一角的，只是其量或多或少而已。

當時，雖然食用的蕃薯籤乾，是帶皮又變黑色的，而且有時是有點發著臭味的，雖然也是難以下嚥，但我仍是要下嚥，只因家境清寒呀！而我仍要繼續的活下去！

蕃薯是一種以壓枝栽培法種植的根莖植物；那就是在一壠壠的新耕土地上，農人按著等距的間隔，把一根根的蕃薯藤埋進了土壤裡，只留下三分之一、二的芽部露出在地面上的種植法。待天雨的滋潤，或者是朝露撫拂，由其埋於土裡的枝節部位就會長出新的根部來，而地面上的薯藤亦會蔓延開去。

一則是蕃薯藤長長的，長的很快速；再則是由其葉節處又會吐出新芽來，一旦日久，就往四面八方蔓延出去了。最後，蕃薯田頓然變成了一整片的墨綠色，蓊鬱蒼翠，而把整個的田壠都覆蓋上了碧綠的蕃薯葉與藤，並且蔓延到甚至於無人能不踩到蕃薯葉、藤，而能置身田裡的地步。因為每一個的踩踏下去，就會踩踏到蕃薯葉或藤的。

蕃薯，過不了幾個月的時間，當蕃薯的老葉子一葉葉的萎黃，而且已盛開過的紫色喇叭花結了一個個的小果實時，那時就是蕃薯田收穫季節的來臨了。這時，農人用鋤頭一鋤鋤的鋤，或者架牛犁犁一犁，在那一壠壠的土裡，就可以翻出來一大串的蕃薯球莖了。那蕃薯球莖，是一種淡黃色的或者是褚紅色的球莖，也或者是白色球莖，而那個球莖，就是可以食用的蕃薯了。

當然，蕃薯除了其球莖可以食用以外；其嫩藤也是可以食用的，只要將藤剝去外皮：或者是用來炒食的，或者是用來汆燙以後，加上大蒜、醬油等的作料，就都是佐飯的美味菜餚了。就蕃薯葉來說，現在有時在市場裡，都還可以看到有人在賣的，甚至於僅只賣蕃薯葉而沒有蕃薯藤的。不錯，蕃薯是最容易生長的一種食用植物，不管是用其蕃薯的球莖埋於土裡，或者用其藤部插枝，都是可以冒出新芽而生長著的。

蕃薯也不管是地瘠、地沃的，或者當地是潮濕或者乾旱的，它都可以安然堅強的滋長著，而生存下去！當然，在地肥有天雨時，它就生長的較為肥沃而呈墨綠色，且一副欣欣向榮的樣子；只是在地瘠或天旱時，則其葉略帶黃綠，營養不良而已。而這種特性，真像極了台灣人民的民族性；雖然在強敵蹂躪或暴君臨政下，雖然那時的生存是處在水深火熱之中，但我們還是可以默默的去承受那種苦難的歲月。一直等待到有那麼一天的變天日，就可過過較好的日子。當然，若果是政治清明、物阜民豐的，我們也可以過著那種歌舞昇平的生活，也可以產生很多不朽的文學或工藝等的作品。

無可否認的，台灣人的堅忍、耐勞的個性，是像極了蕃薯的成長。但若是以台灣農夫所具有的那種任勞任怨、逆來順受、一切承天意的認命作風來看，則他們與蕃薯的本性更是相契合的。

在記憶裡，蕃薯有好多樣的品種，以肉色來分：即有雪白色的、淡黃色的、淡紅色的、還有雪白中襯著紫色的。以其口感來分：則有味道甘甜的、有味道淡而無味的、有其「筋」多而難以下嚥的。這裡，所謂的「筋」，其實就是蕃薯的硬纖維質。事實上，若是天天伴著蕃薯味，久了也膩人的，即使其味再甘美的，吃起來都會乏味的了，何況是那些不甜的、且纖維多的，更是較難下嚥。

若是新鮮的蕃薯籤或者是蕃薯塊，其味道還會甘甜一點的；而如果是乾的蕃薯籤，那就沒有什麼甜美味了，或許這是其甘甜味在曬乾時，已流失或變質了。

而若果蕃薯籤是帶皮的又是次等的貨，那就沒有什麼好口感的了；而假如其皮肉又有腐爛處的話，則有時真要摀著鼻子去吃，才能吞進肚子裡的了。

我童年時，幾乎每餐都有蕃薯為伴的；除了拜拜時要用大白米飯，那時是沒有加入蕃薯的以外。平時，所謂的米飯，都是有摻入蕃薯的。那時，當蕃薯收成時節，吃的是新鮮的蕃薯，新鮮蕃薯下市後，則吃蕃薯籤乾了。

當時我們對蕃薯，是吃都吃怕了。所以我有一位哥哥，他的功課最好了，可以說是樣樣第一的學生；當時，他曾說了一句，令我至今不能忘懷的話。

而那句話，也可以作為對我當時艱困生活的一種寫照，或者是一種對改善生活的深切期望。他說：「只要吃大白米飯，不加蕃薯的，既使沒有佐飯的菜也沒有關係。」

記得在我國小五、六年級時，我每天晚上要留在國小裡補習的。而每當吃晚飯時，有許多的同學都是由其父母或兄長送飯送到學校來給他們吃的，可是我呢？我只記得我是每天匆匆忙忙的跑回家去，是匆匆忙忙的吃飯，然後又匆匆忙忙的趕回到學校去上課的。

而這也就導致了後來我到醫院去身體檢查時，那個檢查是為了我要報考升學考試用的；在我的檢查報告裡，其中有一項照X光片的檢查，竟然加註上了「疑似肺炎」四個大字。那個報告，還讓我心寒、心悸了一段很長的時間；我深怕自己是病了，我就要離開人間了，而這也是我很小的時候，體會到「死」的恐懼。

為什麼我要匆匆的跑回家去吃飯，又匆匆的跑回學校上課呢？其最大的原因是，那時我家貧，每天食用的都是蕃薯籤乾比白米還多，而且是水比顆粒還多的稀飯，我好面子，不敢在學校裡吃飯；而另外的原因是，沒有人手幫忙送飯過來，我也不敢要求。想想那時我的好面子，也真是太幼稚的了，又何必人比人氣死人。

在我的那段童少年的時間裡，佐飯的菜，均是一些青菜或者菜乾、小魚干的，沒有雞鴨魚肉的，由於油水太少了，所以飯量都特別的大；不像現在生活品質改善以後，每頓餐只吃一小碗的飯而已，而吃佐飯的青菜和肉類，都比吃白飯來得多的。

我曾記得，有次我吃了兩碗蕃薯稀飯以後，當我拿著碗再去盛飯時，只見飯鍋已見底，沒有稀飯啦！我這一驚，我竟哭了，為的是我還沒有吃飽肚呀。那時，我有個哥哥就責罵我說：「已經吃兩碗了，還哭什麼！」聽了這樣的一句話，有再大的委屈，我也只得往肚子裡吞了，固然我的哭是因飢餓而哭的，但我也深切瞭解到家境確是困窘的。

小時，我常到外婆家去玩，而且一住就是一、兩個月的。外婆家是更鄉下的村莊，在那裡是一片的稻田，一片的碧綠。每當豌豆成熟或者蕃薯成熟時，我們就烤豆子、烤蕃薯的。烤豆子比較簡單，只要抓幾把半枯萎連著枝葉的豌豆，再加些乾稻草，點上一把火，豆子就霹靂啪啦的響著了，等餘燼熄滅，剖開豆莢，裡面就有又香又結實的豌豆仁可吃。這時把沾滿黑豆莢灰的手，往同伴臉上一抹或寫上什麼字的，而相互調笑、戲謔，讓童年的笑聲漾開在原野，確使我童年的回憶增色不少。

烤蕃薯則是比較麻煩的事，先要做一個窯，再用柴火把窯燒的火紅，亦即窯內的泥土要很熱很燙的，甚至於發紅色，而後把蕃薯埋進去，另在其上面及空隙處用土掩埋起來，過約莫半個鐘頭，就有又香又甜的烤蕃薯可以吃了。這種烤蕃薯，若是品種好，表皮還會有汁液分泌出來，很是香甜可口。

蕃薯養活我好幾年的光陰，也讓我嚐到了物質生活匱乏時，那種盼望改善生活的意念與希望，也更養成了我的節儉習性，而不敢亂花、枉用一毛一分錢的習慣。所以雖然於今生活有些改善，蕃薯已非主食，而是偶而食用的點綴品；但我仍時常提醒自己，以往生活困苦的那一段日子，是如何堅強的走過去的，是如何咬緊牙根的撐下去的，是如何向人低頭才生活過來的。我想想過去，也想想現在，做一些比較，而提醒自己要善加珍惜這得來不易物質生活的改善，要知所警惕，要節儉，也要滿足。

（刊1981.07.14台灣日報）

伍哥

每當我想起伍哥，我就想起貧困的童年生活；每當我回憶起童年生活的點點滴滴，我也會同時想起伍哥來。伍哥在我的腦海裡，已然與我的童年生活匯合在一起，合成一塊兒了。

打從什麼時候，我開始拿著米袋，到三姑丈家的碾米廠去賖米，我已不復記得；但至少在我初中的三年裡，家裡食用的米，都是我去賖來的。賖的賬，直要等到父親發薪日，才由伍哥去結清。賖米，最初我只是常聽著伍哥他們一起在交談賖米的靦腆感受，他們都說賖米是一件難以啟口的事情。當時的我，也只不過當它是個笑話聽一聽而已，並不當作一回事的。直到輪由我去賖米，我才真正體會到賖米是一件很難為情的事；也因之及長對於錢財的事，非萬不得已，我不跟別人借錢的，就是偶而缺個一百、兩百的交什麼費用的，我也會儘可能不向別人借錢通融，雖然我在次日即可返還的。

「阿海，下午去扛三斗米回來。」中午，下課回家，伍哥就叮嚀著我。我一聲不吭的望望伍哥，心裡想：買米錢呢？買米要付錢的！伍哥大概也知道我久久不去的疑問，他接著說：「欠賬！」我默默無語，我該怎麼說呢？家裡有一大票的人口，雖略有田產，也要坐吃山空的呀，何況個個兄弟都正值讀書的階段，只會花錢，不會賺錢生產的年紀！

固然，三姑丈是我家的親戚，但拿了米不給米錢，也真是不好意思的：雖然爸爸領了薪水就會去結賬，或由伍哥去結賬；但就買米的當時而言，未付錢就是欠賬。我在心裡是想歸想的，但家人的肚子還是要填飽的。待吃過中飯，我就拿著米袋，事實上，所謂的米袋，那是裝過麵粉的麵粉袋而已，上頭還有戴著斗笠的農人拿著麥穗的圖案，而且還有中、美兩國的國旗。這種麵粉袋，是家裡特別留下來裝米用的；否則只怕早已被分屍做成內褲穿或當補丁的布料用去了。有中、美兩國國旗的麵粉袋，其實就是裝著美國無償援助台灣的美援麵粉的袋子；於今我所以對美國佬有著好感，除同為民主自由的國家以外，其實在我小時候的感受也是一大原因。

我拿著米袋，一面走一面晃著，一路上想著如何去開口賒米，而那真是很難以啟口的事。當然在秤斤兩時，有時是表哥、表姐在處理的，雖然他們依舊親親切切的在招呼，我還是因為賒米的事而感到非常的不自在，尤其若是碰到三姑丈的兄弟或其姪子女的，其關係又差了一大截，那我就更要尷尬了老半天，渾身不自在的了。

我進了米店，若是他們在聊天，我就會即時訕訕的告訴他們說：「要三斗米。」當時我那種生硬的腔調，有時真會被外人認為：那是他們家本來就欠了我家米糧一樣的了。

而若果他們是在低頭忙著記賬、打算盤時，我只得拿著米袋愣立在那兒。我的兩隻手、兩隻腳，不曉得該怎麼擺的，就是渾身不自在的。直要等到他們撥完算盤珠子，有空了，他們才會過來接過我的空米袋，去裝米、磅秤。我呢，仍是矗立在一旁，我的眼睛不敢瞧一眼磅秤上的刻碼，我深怕別人以為我又是欠錢的，又是怕吃虧的。唉，欠人家錢，矮人一截的，果然沒錯！

店家秤好了米，我就用繩子把米袋口綁一綁的，然後我雙手抱住了米袋，往自己的肩上一送；我就把米袋扛在肩頭上了。待踏出回家的第一步伐時，我才囁嚅的說：「記著。」所謂的「記著」，其意即為欠賬。

然後我就急急的走出米店，好像這家輾米廠裡有股讓我非常不自在的空氣存在著的一樣；至於當天的米價一斤是多少錢，或者到了當天我家共積欠了多少的米錢，我並不知道。

生於公務員的家庭裡，常是生平未事勞動的，導致肩不能挑、手不能提的；所以以一個十來歲的小孩子來說，三斗米扛在肩上也是有苦頭吃的。

那時我都儘速的加快腳程趕路，總希望儘快到了家裡，可以休息或者免去了半路裡在肩頭的痠痛難耐。有時在半路上的，我的肩頭真是痠痛不過的，那種情況大致上是發生在我的身體有不舒服啦，有感冒啦等的時候。當時我就只得在馬路旁，把整袋米放下，略事休息後才再上路。可是半途休息是休息，那種痠痛感並不是三、兩分鐘的休息即可恢復的；何況事後，我又要把整袋米從地上抱起來往肩上放，而且還要放得很平穩的，這袋米才不會摔下來，而這就有點麻煩了。

在馬路上，我嘗試著把整袋的米重新的扛在肩上時，有好多次我都重心不穩的，踉蹌得幾乎趴地；當然，若果已快到家裡，雖然我的肩頭痠痛得幾乎讓我的眼淚掉下來，我為了省去再把米袋往肩上扛的麻煩，還是只得極力的忍耐再忍耐。

有一次，過年那天，才在後院裡發現有一隻死貓掛在樹幹上；這正應了「死貓吊樹頭，死狗放水流」的一句舊俗。據說死貓不吊樹頭上，會作怪的。

當時媽媽在蒸年糕，兄弟大伙則在油炸著蕃薯片、花生、芋頭、瘦肉、鹹菜片等。此外，還有一種雄性的絲瓜花，平時裡並不煮來吃的，但炸起來倒是蠻香脆的。大家都在忙著準備晚上的團圓飯了。

「阿海，後面柴房邊有隻死貓，你去把牠移走，丟到水溝裡。」伍哥一進門就指揮著我。當時，我心裡老大不高興的，但我不敢吭聲。一向的，我最怕他那瞪視著的牛眼了，圓滾滾的。

我蹣跚然的來到家後面的柴房，柴房旁邊是一整排當做圍籬用的銀合歡。銀合歡這種灌木，它的樹皮和葉子均富含蛋白質的，是可用來餵飼草食動物的灌木；經過每年的修剪，其樹高僅及一個半的人高。

我帶了根長竹竿子，這竹竿子是用來遠遠的去勾住死貓用的，是用來把牠送到水溝裡去「放水流」的。我家的後院子很大，而且種了那麼的一長排的矮樹叢，所以在以往，我也曾經發現過幾次的死貓屍體掛在樹叢上，而把「牠」請到水溝裡去放水流。

當我還沒有看到那隻死貓時，我已然聞到有一股沖鼻的腐臭味，令人作嘔欲吐。當我再行往銀合歡處走近時，我很容易的就發現了那隻死貓的位置，而其頸部繫著一條繩子，而後被掛在樹叉上。牠正瞪視著啊，似有無限的委屈。活貓在黑夜裡瞪著眼珠子，已夠嚇人的，而今竟是死貓的瞪視，那情景更使我小小的心靈感到恐懼無比，我不禁一連打上了幾個的寒顫。那繩子上還夾著幾張的冥紙，黃黃的，色彩中間加上一小片銀白的錫箔紙，似是在送牠到「西方」。

唉呀！若是祭拜媽祖或者神呀、祖先呀的金銀紙，我還會認為那是供祭祀鬼神用來保佑人的。而今卻在死貓的脖子上，竟也夾有銀紙（冥紙），而這冥紙的用意，就是不一樣的了，它只給我增加了一份恐懼，令我更加的不自在而已。

我怕歸怕，感到惡臭歸惡臭；但我還是必須把這死貓送到水溝裡去的，好讓水流沖走到很遠的地方。我固然感到我是倒楣透頂的了，在這過年的日子裡竟被指派做這種最使人難以忍受的工作。當時我雖然抱怨著，為什麼伍哥發現了，他竟不自己將牠處理掉呢，他還是大人呀，卻偏要差遣別人去工作，而這不簡直是「以大欺小」的了嗎？我感到很是不滿，很是委屈，而眼淚就不自覺的漱漱的掉下來了。

想一想，今天就是過年了，一年一度過年的日子了，我本該高高興興過年的，竟被派這種工作，這真讓我傷心，也真讓我倒楣的了。但我對於伍哥，我是沒能力去反抗他的；這一點，我是非常清楚的。

我也不知道為了什麼的，我竟會那麼樣的怕他；反正只要他講個話語，瞪個眼珠的，放個屁的，我就是再有再多的不滿，我也只得勉力的去做，雖然那是含著淚水和憤憤不平。

說不定，前輩子我跟他是「仇家」的，專欺負他的，而今生被「回報」了；否則的話，為什麼他不去派遣別人，而專派遣我呢？而且，我再有不願意，也非得去做不可的。我上有哥哥，下有弟弟的，為什麼專要挑我去工作呢？

雖然在我的心裡，我是含著一大堆的狐疑、不滿與不甘心，但我一向是怕他的。雖然他無須打我、罵我，或以拳頭逼我，我還是只得去做的，雖然我認定他對我是「軟土深掘」的狠心，看我好欺負就多欺負的。

我如此的東想西想，不禁越想越是生氣，我把竹竿子往地上一丟，想要撒手不管了；但我只不過是回頭走了兩步而已，我就又蹀踱回原地去了，而把那丟在地上的竹竿再次的拾了起來。我心裡非常的明白，我確實是怕伍哥的，怕他甚於怕那條死貓。現在想來，整件事最大的原因，大概是伍哥給我的壓力是長期的、無形的、巨大的；而那隻死貓，則只是一時的、有形的，處理掉以後就沒事了，所以我必須完成那件我很不願意做的工作。

我舉起竹竿，從遠遠的地方去挑一挑那掛在叉枝上的繩子；那隻死貓，一經被挑動，那些原來攀附在其上的密密麻麻、黑壓壓的一大群的蒼蠅，就嗡嗡的亂飛了一陣，而惡臭更加的濃烈了。此時，我一驚，不自覺的就把竹竿子又一丟的，往後就跑，我的心裡毛毛的，就是害怕死貓有魂魄會抓人；我對「死」，有強烈的不明的恐懼！

過一些時間以後，那隻死貓又停止搖動了，蒼蠅也停止了飛揚而又附回死屍上了；我再度拿起竹竿子小心翼翼的去挑著繩子的洞眼，那洞眼又細又小的，所以我挑了老半天的，才把竹竿子塞進繩索裡去。

我用力的一提，乖乖，怎的這麼的重！我差一點就沒法維持竹竿子的平衡，而會把死貓摔在地上的。這沒兩斤重的死貓，吊掛在竹竿的另一端上；而我從另一端去撐起那竹竿子來，竟然吃力的很。蒼蠅又飛來了，它們更加驚慌的亂竄著。

我平衡著竹竿，眼瞪著死貓，小心翼翼的一步一步的往大水溝方向走去。我深怕死貓又掉地，而那又要折騰我老半天。我把竹竿塞進繩索的洞眼裡，這時有些蒼蠅又飛了起來而附於其上；另有些則緊緊的飛揚著，跟隨在其左右；而有些則亂竄而失去蹤影，這幅畫面活像送喪隊伍一般。

自從把竹竿子塞進繩子的洞眼以後，我開始一步一步慢慢的移動著腳步，這時我反而鎮定了許多；也是不得不鎮定的，否則我不是要癱下去或罷工不做了嗎？此外，也可見驚慌常生暗鬼，不驚慌當然鎮定如常。

那隻死貓，依舊瞪著眼珠子，我也回瞪著牠；事實上，我是在監視牠，怕牠會不會又掉到地上了。其實，就我的故作鎮定來看，那哪像是很鎮定的樣子；其實我知道我只是強行按捺住不安的心理而已。

所以在快到大水溝旁時，我就三步併做兩步的衝向水溝旁，而把那隻死貓摔往水裡去。這時我的心裡，反而「咚」的一聲，莫名其妙的感到更加的恐懼。

我急速的飛奔回家，但我的心裡還是像鼓一般「砰砰」的響著；待我回到家裡，我才感到略為安心。我坐在椅子上，全身好像虛脫一樣的軟弱無力，或許那就是極度恐懼後的虛脫，但那死貓瞪著的眼珠子，仍在我的眼前晃動著。

那天是過年，父母兄弟都在忙著準備年夜飯，處處洋溢著歡欣喜悅的氣氛，處處有笑聲連連，只有我仍在呆呆的靠在椅背上，一點也沒有心情去快樂起來。

以往我家家庭經濟不好，在初中三年所帶的便當，佐菜就被伍哥限制在魚鬆跟炒花生上頭了。伍哥所以如此的限定用魚鬆而不用肉鬆，其主要目的是省錢，因為二者間的價差足有五倍之大；天天如是的帶魚鬆，千篇一律的。所以，便當盒裡，偶而有個荷包蛋的，吃起便當來，就特別的津津有味了。

記得有次我發現吃到了兩個蛋黃，我原以為是吃到了雙黃蛋的，而天真的炫耀著時，二姐只淡淡的嗤之以鼻說：蛋太小，所以打了兩個蛋一起煎的，蛋那麼的小，怎麼做煎蛋？當時，我只感到一臉的無趣而訕訕然的，原有的驚喜也一下子不見了。

自小我就怕魚腥味，而新鮮的魚鬆也還算蠻香，可是若在便當盒裡悶個三、四個鐘頭，又經過水氣的浸泡後，魚鬆就會發出一種說不出「變調」的味道。如果是偶而吃個一次、兩次的，我是還可以忍受的；但如果長期的食用個兩、三個月，那真是倒盡胃口的事了。所以到了後來，我簡直是聞到魚鬆味就作嘔了，而且迄今仍然拒食魚鬆，想來大概是年幼時吃傷了。

我在大學時，我和伍哥又搭擋上了。那時，在每個寒暑假裡的，我總要到果園去工作的。那時我們家有果園二甲地，範圍有個小山丘大小，種了幾千株的柳丁、椪柑、檸檬，還有香蕉和拔仔的，是由剛辭去公所職的伍哥在管理的。

我寒暑假時，正是香蕉的採收期，所以我們每天要將採收的香蕉交到「香蕉集貨場」；由集貨場收購，以便出售到日本去，賣個好價錢。但車子只能到山腳下，距我家的香蕉園，還有數百公尺之遠。這數百公尺的距離不算很遠，但那是小山徑，是在丘陵地上，蜿蜒高低不平的路，而且是要肩扛近兩百台斤的香蕉時，那可不是好玩的工作了。雖在嚴冬裡，如此的扛上幾趟，也要汗流浹背的；何況是在熱天裡。

搬運香蕉，當然我們首先要把香蕉一弓弓自香蕉樹上切下來，然後將之聚在一起，此時伍哥就會把香蕉再切分成一把一把的，外用塑膠袋或水泥袋包紮好，以防運送途中碰傷，而後再裝成籮，再由我和伍哥一前一後扛到鐵牛車或小貨車旁，送上了車。

我只記得伍哥，他都儘量把簍子放在他的那頭；而這一來，我這邊的負擔就輕鬆得多了。其實，當時的我，已跟他長得差不多高了；而且我們兩個人，自小均是肩不挑重物的，卻要在長大後，在果園裡幹粗活。所以，於今回想起果園裡的那段生活，我就感激伍哥當時的照顧有加。

其實，若果沒有以上諸事的經歷，我對伍哥的記憶還是很強烈的；因為在我五、六歲時，剛要入學以前，他曾騎單車帶著我，也許是騎單車好玩吧，我已不太記憶其緣由的。但不幸的是，那一次發生了他的單車的輪胎碰到了大石頭，所以車子一個不穩的，就翻到磚頭水泥砌成的大排水溝裡去了。那時是乾旱期，水溝裡沒有什麼水流，我因之而摔在磚頭水泥上了。那一次，我腦震盪了；我在醫院裡，昏迷了五、六個鐘頭。後來，據媽媽事後說：其間我曾經甦醒過來的，卻一下子又昏迷了過去，大家還以為我沒救了。五、六個鐘頭後，待我醒來，我已不復記得，曾經發生過了什麼事？我為什麼昏迷的，也不知道？我只感覺到，好像自己睡了一個大覺一樣。那一次，翻車前後的情形，也是日後我根據當時的地點猜測的。

另有一次，我因為太調皮，愛爬樹的，而摔斷了自己的腿骨；因之在家休息了兩個月，連我的班長位子都因之而拱手讓人了。我骨折那時，每隔一天就要到專治跌打損傷的「拳頭師傅」那裡去換藥。那時，每次都是伍哥用單車帶我去的，而且從未間斷過，伍哥也沒有任何的怨言。

甚至有一次，我因為感激伍哥長期不辭辛勞的帶我去看「拳頭師傅」，而在半途中掏出僅有的零用錢五毛錢要給他；他卻露出一份真誠的笑，笑著說：「幹嘛！」他推辭掉了我想給他的錢。或許他也知道，我給他錢，是在表示我的感激，感激他不辭辛苦的每隔一日就送我去換草藥。

伍哥是一位典型的鄉下人，任勞任怨默默的在工作，也默默的在奉獻的人；他是負責盡職的，而且是一位樸實無華的人。

（刊1981.11.12自立晚報）

老家的大榕樹

在台北上班以後，常常的，我會想起南部老家庭院裡的那棵大榕樹。正如我懷念我五、六歲時，與我相伴的一隻台灣土狗，名叫「S」的；還有的就是，當我從外婆家回來以後，才發現已被賣掉的那隻台灣土羊。小時，我曾為了台灣土狗的逝世而落淚，也為了台灣土羊的被賣掉而號啕大哭過。而今，我仍常懷念那隻土狗和那隻土羊，還有的就是這棵大榕樹了。那些土狗、土羊和大榕樹，它們就構成了我十來歲以前最重要的記憶了，無可磨滅的。

老家的大榕樹，就當地所有的榕樹來看，或許其年歲不是當地最高壽的；但是，可以確定的是：其主幹是最粗壯的了。這巨榕，真是夠巨大的了，其主幹足需三個大人合抱的那麼的粗壯；其覆葉又高聳又廣闊，大概有五、六十坪那麼廣闊，而其最高處，足有三層樓房那麼高。而且其支幹下，有大小不等的氣根縱橫交錯著，顯露出一副年歲已高的姿態。

在這棵大榕樹下，沒有賣涼水的來造訪，也沒有賣水果的小販來休息過；它並不是馬路旁的行道樹，而是在我家庭院裡矗立著的巨榕樹。偶而的，才會有附近種田的莊稼人，在中午的時分，來樹下吃飯、乘涼、聊天、休憩；或者有時會有一些小孩子來攀爬樹上，他們嘻嘻哈哈的笑鬧著，一副天真、無憂無愁的。

這棵大榕樹下，它沒有熙熙攘攘的景象，也沒有一般文人所寫的，蒼老到「看盡人間歲月的紅塵冷暖」；但它卻孕育了我童年的夢。這棵大榕樹，從我有記憶時開始，它已然生存著，所以就伴隨著我的成長。我小的時候，僅能在樹下乘涼或者賞月、數數星星的；待長大一點以後，我就爬到樹幹上去了。我在樹幹上，讓微風吹拂，把暑氣帶走，或者遙望著遠方，遐想著。看遠處的路，以及路上跑的車子，我就滿足於那種能看得非常遙遠的新奇感了。

當然，我偶而會摘下一片榕樹葉，把它捲成圓圓的，然後將其中的一端捏合，做成一個笛子，含在口中吹響，或者有時會爬到樹幹的末梢去取斑鳩蛋。

於今，客居台北的，我每天汲汲營營，為上、下班而忙碌著，想再一睹綠色的原野，綠色的樹木，只有留待假期去了。

何況，即使遇見有如同家鄉裡那麼大的榕樹，雖也是枝幹鬚根縱橫的，一臉的腮鬍，顯得老態龍鍾的老榕樹，也並沒有家鄉裡那棵大榕樹的清爽與粗壯圓渾。或許是臨著小河的關係，或許是土地環境肥沃的關係；我家的老榕樹，是比別處的榕樹，確是較為粗壯圓渾的。

聽別人說，在二次大戰的末期，這棵大榕樹，曾遭受到「池魚之殃」的；其實，人類的自相殘殺，又干它何事！這棵大榕樹卻會在戰爭中被波及了，真是無辜之至的。在當時，這棵大榕樹曾被從飛機裡拋下來的汽油桶擊中，而打斷了其中的一根支幹；自此以後，那被打斷的枝幹，即不再生長出新芽來了。也就是說，那殘留下來的一截支幹已枯槁，因之其原本圓渾的覆葉就缺了一角。

小時，我好動，喜爬高的，所以這株大榕樹的各支幹都印滿了我的足跡；而其居中最高聳的主幹，更是我時常留連之處，無聊時，甚至一天要爬上個三、五次之多。雖然爬在高處的枝椏上，離地面已有四、五十尺高，我的腳底會發麻的，我的一顆心會不停的打顫；但是我還是很興奮的去爬上又爬下。

在主幹的高處，我緊緊的扶著岔枝，用雙眼眺望著遠處馬路旁的木麻黃行道樹。木麻黃行道樹，似乎還算很整齊的排列著，而越遠的地方，木麻黃行道樹則越來越是縮小的了。而最遙遠的樹木，就成了點狀的分佈，在天與地相接之處。我在樹上，還可以看到小火車的縱橫飛馳，和汽車的奔馳，而那種車車歷歷在目的景象，在在都使我感到心曠神怡的。

我喜歡爬到樹上去，更喜歡跨坐在樹木平伸的支幹上。在那麼樣的高度，數個人高的高度上，如果從樹幹上掉下去，果真一失足的，也許真要成千古恨的了。所幸，我當時爬高時，都尚戒謹戒慎的，所以沒有發生過什麼樣重大的意外；只有兩次小意外，我真的不小心的從樹上掉了下去，但都不是嚴重的傷害。而且其中有一次，是在學校裡的榕樹上掉下來的；而另一次，才真正是在我家門口的這棵大榕樹幹上掉下來的。

記得那一次在自家的大榕樹上掉下來的前一刻，我是平躺在大榕樹的二支幹間的。那二支幹交叉成搖籃狀，可以躺著人；其中有一支幹即是被二次大戰時，飛機所丟下的空汽油桶所擊中的，已然斷了一截的，而其殘留的支幹已不再生長，已變成枯槁的支幹了。也就是說，那交叉的二支幹，有一邊是活的枝幹，而另一邊是死的枝幹。

那時，我平躺在那個搖籃上，腳在主支幹的交會處，而頭則在搖籃的另一端，正自津津有味的在看世界名著的翻譯本書籍。村裡的阿木，他大了我好幾歲的，常放牛放到我們這裡來，所以我和他有點交談的。他好奇的想看我，到底我在看什麼書籍。我不想告訴他，他竟強要知道。於是，他也爬上樹幹，正循著搖籃蹲著往另一端走，當他夠摸到我的頭時，那枯幹竟然「啪噠」的一聲斷了。

當時，我只感到我有一隻手，略為抓了一下支幹後，身子就成垂直狀的懸在空中，頓了一下；接著，我整個的人，就不由自主的掉下去了。

所幸，在掉下去之前，我的身子已成垂直狀，腳已在下面，因之我僅略為碰傷了唇角，血也沒流幾滴的，但我整個的嘴巴，卻都浮腫了起來。當時，一連好幾天我連張嘴吃東西，都很痛的，而且也有點被撕裂的感覺。那種浮腫，就是有瘀血在裡頭，碰到兄弟、同學的，他們都譏之為「豬哥嘴」。

至於阿木呢，在我跌下之時，曾瞥見他正左手扶著右手，唉唷的在叫著。事後，聽說他回家後，自己拿著棍子，表演了一下打老鼠的把戲，而後又唉唷的叫著，聲稱自己的手骨折了；他不敢說，是他自己爬樹摔下受的傷。於今，已不知道阿木在那兒討生活的了！

我攀爬到大榕樹上，去乘坐在其支幹上，除了冬天是天寒冷風吹，不舒服以外；在春夏秋三個季節裡，都是很令我心曠神怡的。

當我乘坐在大榕樹平伸的支幹上時，往往是微風拂著，帶來一陣陣的清涼，而樹枝也隨著飄舞，形成一陣綠波浪；尤其在爬得更高，「登高臨遠」時，更會有一種比別人高的滿足感，感覺上好像自己真的是比別人高了一些的。此時如果再隨手摘個榕樹葉，把其前後梢折斷，捲成筒狀，而後在其一端予以壓扁，即成笛狀，含在口裡一吹的，就「嗶嗶」的響了。

當然，有時做出來的笛子，也會吹出低沉的或者是爆裂的聲音，那是因為葉子捲得太鬆散或者笛內口水太多的緣故。這時，沒關係的，隨手一丟，再摘一片榕樹葉來，再捲成一個又尖銳又刺耳又響亮的笛子吹吹就是了，反正榕樹葉茂盛的很。

偶而和同伴一起徜徉在大榕樹下，一起競做榕樹笛，一起競吹，看誰的響亮，總是把個大原野吹出好多好多可愛的音符。而如果調皮的話，逗在同伴耳邊猛力一吹，準惹來對方一場哇啦哇啦的怪叫；可惜童年的玩伴，於今多分散各地去了，也不知道他們在那裡了，就是過年返鄉的，也碰不到一、兩個昔日同伴了，令人倍覺白雲蒼狗的。

榕樹覆葉濃密，不僅陰涼爽快的，而且常會引來一大群的各色各樣的鳥兒，在其間吱喳叫著，追逐遊戲著，或者縮隻腳打盹憩息的，把個原野點綴得活潑、活躍的。

當然，偶而會有一、兩個鳥巢築於其間，那是班鳩或者其他較大型鳥類的家；牠們是以大榕樹為家的一群。那時我常遠望其巢而想攫取其蛋，卻總因其巢築在太末端處的，我唯恐較小的支幹不能負荷我的重量而作罷，所以我只得在樹下空想而已。

後來，終於有一次的，我鼓足了勇氣爬到其支幹上。當我正想探手取物時，沒料到僅將手伸出了一半，就因為鳥巢在太末梢處，而其築巢的支幹又太細，無法負荷我的重量，因之擺動得太厲害，而其巢中的鳥蛋也一溜煙的就掉下去了，只留得幾枝枯枝尚在叉枝間搖晃著，那些枯枝，其實原本就是班鳩的巢。

下得樹後，只見地上掉了兩個鳩蛋，蛋黃蛋清灑在地上，小小的蛋殼很薄很脆弱的，而且碎了一地。那蛋是呈鋸尺狀破裂的，那時我突然感到很傷心；那傷心是：想拿鳥蛋卻沒拿得到的失望，也更是鳥蛋碎了的傷心，以及為了母鳥回來後，看到自己未來的小鳥兒的失蹤而驚慌的傷心。

自從惹了那次的鳥蛋摔破後，雖然樹上仍會有鳥雀等築巢其間，既使其巢垂手可得，但我已失去攫取其鳥蛋的念頭。我不再去打擾牠們了，我只在樹下或樹上靜靜的欣賞，那些母鳥、公鳥一進一出的忙碌著餵食雛鳥，以及雛鳥肚子餓了時，張大嘴巴搶食的鏡頭而已。

我是忘不了這棵大榕樹的，因為在這棵大榕樹下，有我的童年時光的珍貴回憶存在著，以及童年點點滴滴的夢想。

（刊1982.02.17台灣日報）

夾克的盼望

今天如果我的兒子，要我為他買一件夾克，我一定會帶他到大百貨公司去，讓他自己去挑選；而且也可以建議他去挑選那種質料好、式樣新穎的夾克。雖然以他正在長高的年紀來看，一件現在合適的夾克，不消過個一、兩年的工夫，就會顯得太小，而不能穿的了。也就是說，對數百塊錢的東西，只能穿個一、二十回而已，算是有點浪費的。

說真的，在今天，他若是喜歡穿夾克，那是很容易滿足的事；但在我年少的那個時代裡，在當時的物質匱乏裡，家庭收入勉強夠溫飽的四、五十年代，想擁有一件夾克的慾望，對我來說未免太過分了，也太奢侈了。

少年時，搭著糖廠的小火車去上學，總要個把鐘頭車程；而且下了車還要走個二十來分鐘的路，所以每天只得一大清早的，天還沒有亮的，就要趕搭第一班的火車了。

何況當時火車班次少，誤了第一班車，就要誤掉半個多鐘頭，所以都是早早的到火車站去等車的。

在車站上，夏天裡，我穿上一襲短袖的白上衣，加個卡其褲，還是很容易打發的。雖然褲子有時候有補丁的；但至少不會袒胸露背，衣不蔽體的。

但對嚴冬冰冷下霜的日子來說，這種日子就不好過了。固然冬天裡，我有長袖卡其褲的學生服，還有內裡可加上衛生衣，但在周遭農田處處，平原開闊，火車站上又無任何建築物遮蔽的地方去等火車，那一份風吹冷颼颼的滋味，就沒有那麼好受的了。

在南部的大平原上，一到了寒冬的早晨，常常是霧氣濛濛的，或者霜降處處的，總把腳下的野草沾滿了霧氣、濕氣的。那些霧氣、濕氣，甚至也在鐵軌上自行凝結成小水滴。

在這種攝氏只有個位數的情況下，常使人手腳冰冷僵硬，活動也不靈活了；而這，也常使人感到有不知從那裡吹來的寒氣，直逼著領口，直逼著褲管，而不自覺逕自顫抖著。

那時的我，常望著被我呼出的氣，如一縷的白煙，融合進了茫茫的世界裡，而冷得很無奈的哆嗦著。

「你怎麼不穿夾克呢？不冷呀！」阿土關切的問著我。阿土是農家子弟，家裡略有田產，不像我家是窮公務員家庭，而且我的兄弟又多，衣食常有不足狀況。

「不冷，不冷。」我的兩句不冷，剛自我的上下唇間迸發出去，我就又不自覺的打了一個寒顫；而後我聽到我的上下唇齒，不聽話的顫抖著，碰擊著，「喀喀」的響著。

那個車站，是一個匯聚人潮的場所。它匯聚了整個鄉鎮的學生，也匯聚了鄰近各校的許多通學生；還有的就是赴外地上班、辦事的人。

太陽還在睡覺，天也未亮，濛濛的，除了學生以外；一般的人，都不會趕搭這班最早的班車。所以在車站上，清一色是頭戴學生帽的男學生，或者流著清湯掛麵的女學生。

我略一環視，但見他們三、五成群相聚著在聊天、嬉戲，或者有些是孤單佇立冥想的，或者有踩在鐵軌上自個兒玩耍的。少年的無憂無慮，使每個人都顯得安詳且和氣。

我望著他們，在飄逸的霧氣中，我只能看到五顏六色的夾克依稀可辨的。那時的學校，沒有統一配發的夾克，所有的夾克都是自己買來的，所以各色各樣的夾克都有，而且顯得多姿多彩的。

當然，並不是所有的同學都會有夾克的；但在我熱烈盼望擁有一件夾克時，穿著夾克的目標就顯眼多了。其實，當時的夾克，比起現在的夾克來說，不論其質料或花色，都要略遜一籌的。

當時的夾克，大多只是雙層的棉布質而已，或者領上加上一道假毛絨，或者內裡襯個假毛絨而已；但對瑟縮的我來說，擁有一件夾克擋風禦寒的，那該是令我非常興奮的一件事了。

我上了車，碰到了阿雄仔。阿雄仔的家，有個店面在街上的。他在我的肩膀上，捏了兩把以後，訝異的問著我說：「你不冷啊，穿這麼少的！」我挺挺胸膛，面無血色的回答說：「不冷，不冷。」

阿雄仔豎起了大拇指，在我面前晃了老半天的，之後才說：「勇敢，勇敢。」

這時我又挺挺胸膛，做出一副不畏風寒的樣子；但突然的，我感到眼角有淚快滴下了。淚熱熱的，那是將會不聽話滾下來的淚珠。我趕緊縮起肩胛別過頭去，把那「顆」快要掉落的眼淚擦拭掉。

一個窮公務員的家庭，要養一大堆子女，其生計自是夠拮据、艱苦的了。雖然家母是當地首富的長女，外公有良田百甲，陪嫁過來的嫁妝也不少；但嫁過來那麼久了，而且其子女又眾多，既要吃，也要穿，還要教育的，一個人生產數個人消費，哪能不一個蹦子一個蹦子去精打細算的，去節省費用的呢？

何況，在我們家裡，吃穿都可以將就的；但是教育費用不能省。哪個人有能力多讀兩年書，家裡就縮衣節食給他多讀兩年的書。因之在衣、食消費上，更是捉襟見肘。

由於我對當時的家計有這種認識，所以雖然當時我切盼擁有一件夾克，好把那份哆嗦除去，免得整天冷得上牙磕下牙的，而且更可以和別的同學一樣，穿個夾克去上學；但少年時代的我，已然知道世故，我咬緊了牙關把那份盼望深埋在心中。我只敢偷偷盼望著，哪天我也會擁有一件夾克！

其後家計較安定些，更由於台灣經濟一天天的繁榮，工業產品也越來越多，越來越廉價的，同樣的，夾克也越來越便宜了。

終於有那麼的一天，我擁有了一件「尼龍」材質的夾克。那是我真正擁有一件簇新的夾克；只是在時間上來說，那是已經過了整整三個年頭的歲月之後的事了。

（刊1982.03.11台灣日報）

憶五分仔車

台灣最後的一條五分仔車——嘉義北港線，就要停駛了。

自此之後，五分仔車就要自台灣的運輸系統中的一環消逝了；嗣後，五分仔車的形象，僅能留存在曾運用其為交通工具的人們的回憶裡去了。

五分仔車，曾有過輝煌歷史，它肩負著沿線人、貨主要的交通運輸功能。而今，由於汽、機車的降價及普及，以及公共運輸客運汽車的興起，五分仔車就沒落了；而要一如過時的衣飾物就要被丟棄掉了，或者具有歷史或回憶價值而被珍藏了起來，僅供觀賞、回憶，而其珍藏價值已然大於其實用價值了。

記得五十年代時，正是我上初、高中階段的時候，其前三年是赴北港去讀書，而後三年則到嘉義上學；那時我的通學工具，就是這條嘉義北港線的五分仔車。

小小的五分仔車，比起縱貫線的大火車來，那可是袖珍多了：不論是其車廂的大小，列車的長度，或者其行車速度等，都是不能相提並論的。

在客運功能上，五分仔車也劃分過普通列車、快車、直達快車等的等級，或者說是劃分為普通車、平快車、對號車等的，而其票價自也有所不同。

我在赴外地上學時，那時搭的都是普通列車的等級，票價最是便宜，對學生的優待也最大。

五分仔車的普通級列車，有時雖可掛上十幾節，二十節車廂的，但其總長度仍不及縱貫線的一半。而它的速度，雖有濃濃密密的煤炭灰冒了出來，儘量的填加燃煤燒出水蒸氣的能量與速度來，但那種一步一喘的累勁，有時只是比人的慢跑快了一點點而已。

當然，除了普通列車以外，還有平快車和對號快車，其速度是比較快了一點；但若論其整節車廂的長度，則更不如縱貫線的了。就快車來講，其車廂還會有五、六節的；而對號車則更少了，只有一、二節車廂而已。快車和對號車都是電車，不再燒煤炭。五分仔車的車速，簡直只像汽車一樣而已；但是，縱貫線上的大火車，則遠高於汽車的車速。

固然五分仔車有煤煙多，速度慢，板凳硬，而且顛顛簸簸的，有一大籮筐的不適；但我仍是深愛著它。只因我曾有整整六年的時光裡，藉由它的勞碌與奔波而去上學。

五分仔車，原就是因應台灣的蔗料、蔗糖、蔗渣的運輸需要，而鋪設的鐵路運輸工具。而台灣共有數十條的線道，均屬當地糖廠所管理，而其產權亦歸屬糖廠；就嘉義北港線的歸屬來看，自也不例外。

由於嘉義到北港的小火車鐵道，位處嘉南平原上，所以在全線的旅程裡，放眼望去均是一望無際的平原。身處小火車裡，環目四顧的，平原上處處都是碧綠的白甘蔗，一片悅目的蒼綠與生氣蓬勃的樣子；如果是在秋天到冬初之季，白甘蔗更會吐出雪白的甘蔗花穗來，而其花一如蘆葦的白色、飄逸，令人有與世隔絕、超脫凡俗之感。

那時最早的那班火車，以及下午學生放學時的回程班車上，幾乎都是清一色的莘莘學子在搭乘。不管是朝陽初昇之時，或大雨滂沱的，還有的是天寒地凍的天氣裡；班車開來以前，車站的裡外，包括了幾條鐵軌的附近，都會散佈著穿制服的學子。他們有的互相追逐嘻笑著，有的各據一方佇立談天說地著，有的則是眸眼飄呀飄的張目四望的，直要等到五分仔車，「嗚」的一聲，通知它要進站的信號響起，人群才會聚往月台上去。

待火車進站，雖未停穩妥的，而每個人都已像鬥雞一樣的鼓著一雙翅膀，爭先恐後的，推擠著上了火車廂。當然，在那種雜亂的氣氛下，仍不免有臨危不亂的人，他們紳士般慢條斯理的上了車廂。但也有人，是在車未停穩前，就追隨著車廂前進，而後兩手一抓小火車車廂的把手，雙腳一跑一跳躍的，就槍先跳進車廂裡去了的。而那時車廂裡的乘客還很稀少，車廂裡的空位子，就供他東挑西揀的啦——愛坐在哪裡就坐在哪裡。

不錯，這也是因為五分仔車的速度慢，才容易在其行進中上、下車的。如果是在縱貫線的大火車上，一則其速度快，再則其踏板又高，要搶先上、下車是比較困難的，而且深具危險性，那是絕對必須嚴格禁止跳車的。

年輕人大多有一股衝勁，喜歡好奇與冒險的；而且時時想引人注目的，我也是如此。所以有一段時間裡，我的上、下火車都是在車輛仍在前進的時候上、下車的。小火車已開動後，這時要跳上車時，先要跟著小火車慢跑，待人速、車速相接近時，再雙手緊握著車廂的門把，腳跟一抬一躍的就跳上車了。而下車時，則要單手緊握著車廂的門把，單腳下垂作預備隨時著陸的動作，再看看哪裡是地勢平坦之處，而後縱身跳下車廂，然後順勢的再往前跑幾步路，把自己往前進的衝力卸去之後才停住，就OK了。

跳車，好玩是夠好玩的，也令人有「你不敢，我敢」的英雄氣慨的滿足，是令人可以挺胸膛、比氣勢的事。說這是好玩的事，那是幸運沒有發生任何其他的事故，比如跳車而摔斷腿、摔破頭的；也就是說，其實跳車是夠危險的，萬一不小心的，就會跌個四肢著地，狗吃屎的。更嚴重的話，甚至於會變成輪下鬼，一命嗚呼哀哉的。所以，不久我就被同學告發到我父母那裡去了，而我也挨了一頓責罵，自此也收斂了許多。

既然在小火車的沿線上都是白甘蔗田，而且在青少年的心裡，常常只有美好的事物，沒有罪惡感；那時躲進了甘蔗田，去偷吃別人家的甘蔗，雖是小偷行為，也認為沒有什麼大不了，反正大家都是這樣。

因此，曾有三、五同學的相約在半途下車，躲進了甘蔗園；在那種密不透風的燥熱裡，去啃食別人家的白甘蔗。雖說這是犯法與被禁止的事情，但在鄉村長大的小孩子們，如果沒有偷吃過別人家所種的白甘蔗的經驗，那才真是值得驚訝與懷疑其誠實性的了！因為當時的白甘蔗是那麼的豐饒，豐饒得處處都有，垂手可得的呀！

一般的來說，紅甘蔗是比較脆的，而白甘蔗未免就太堅韌了，而且其外皮上還有一層白色或灰色的粉末，吃後常會是舌破口腔裂的；但那種濃重的甜味還是令人嚮往不已的。固然，當時的物質生活水準較低，能有得吃飽就該感謝老天了，哪會去注意到白甘蔗外皮的髒不髒，或者其外皮是否很難咬開的。

或許由於小火車的班次太少了，或許由於搭車的人太多了，所以車廂裡常是塞滿了乘客的；有如現在的台北公車上，擁擠得連爭個腳踩的地方都常有困難。尤其是在「媽祖生日」前後，往新港或往北港的香客，更是把車廂擠得水洩不通的。

常常有人會把身子攀在車廂外的，甚至於在車廂頂上的；而有時我就是那攀在車廂外的乘客之一，攀得兩手發麻的，失去了血色，攀得兩腳僵硬的，但仍得忍耐再忍耐，否則一失足即成千古恨了。固然，這班車太過於擁擠，可以搭下班車的呀，但誰又怎能保證下一班車的乘客會少一點呢？何況，等到下班車到來，那可要多耗一個多鐘頭的時間，而且要忍受誤了吃飯時間的那種飢腸咕嚕咕嚕直叫的飢餓。

說起半途裡下車，除為了偷吃甘蔗以外，在初中時，倒還有躲在無人留守看管的小候車室裡玩牌的事。

我不知道是否人人都有好賭的劣根性；但那一次的好賭，我足足的玩了一整個學期。我每天上學，就為的是下課之後，可以半途下車去玩牌，當時對玩牌的熱衷，簡直已達日夜迴縈的窘境。

後來，還是因為有人輸了錢不還債，才解散的。所幸自那次的荒唐之後，幾十年來，我不再沉迷於賭錢的玩意兒；雖偶而於新春裡打過麻將，也只是和小輩們玩籌碼而已，絕不再以金錢為輸贏標的。

那之後，我似乎對賭博產生了免疫力，賭博不再會蠱惑到我了。因之，我常在想，親身體驗才更有免疫能力，而且更不會再次去沉迷；會喝酒而不瘋酒的人才是高竿，會賭而不賭錢的人才更可貴。

當時的五分仔車的行駛，當然也會有事故發生的，比如壓死人了，比如和客運車、貨車相撞的。所幸，在我六年的通學生生活裡，我沒有遇到過任何的事故。

只是在幾度大雨滂沱之後，北港溪的溪水慢慢的直淹過了鐵軌，令人恐慌、驚懼。溪水淹過鐵軌時，那時的小火車的行進就更似螞蟻似的了，小火車會慢慢的在開著，當時望著北港溪裡的滾滾黃流，洶湧的流著，而車廂卻置身於進不得退不得的鐵路橋上時，那種緊張的勁兒，也夠令人捏上一把冷汗的。當時，人人探頭窗外，面露驚恐與訝異的，尤其是女生，更是嚇得驚恐而尖聲大叫，車廂裡總會爆出了一陣的搔動。

直等到車輛在行車人員的開車膽識之下，將小火車緩緩的開到鐵路橋上的另一邊，此時才會又引來一陣興奮歡呼，甚至於鼓掌慶賀駕駛員的臨危不亂與高超技術。而那時的情緒起伏，與大家同車的生死與共的心理，我想是印證了：同一條船的命運是與共的吧。

於今，五分仔車就要從台灣的交通運輸系統中，功成身退了。嗣後的人，將不知道它的形象是如何了，但在我的心底，我會永遠的懷念著它，並且珍惜著這曾經伴隨我六年光陰的五分仔車。

（刊1982.08.26台灣日報）

小球鞋與腳丫板

「哦，他是你的哥哥呀，他是不是都是穿著一雙『兵仔鞋』的那一位？」金川睜大了眼睛，很是訝異的問著我。

「是呀。」我淡淡的說。我感到一臉無光，什麼穿著「兵仔鞋」的是我的哥哥！什麼特徵不好當辨識的記號，竟以穿著「兵仔鞋」為之；而他的功課是那麼響叮叮的，為什麼不以之為引言？為什麼不著重在功課這方面？而這倒真令我不愉快的！

「聽說他在嘉X，每個學科都是拿第一的呀；而且不管是英語演講、國語演講，還是畫畫、唱歌等的才藝，他也都是拿第一的！」

聽到他對我哥哥的那種讚美與羨慕的話語，我頓然歡愉了起來。我的臉上也有了光采的；對光榮的事，那個人不想沾光？

「是呀！」我歡愉的應著。似乎我哥哥的光榮事跡，對身為弟弟的我，也有與有榮焉的感覺。

果然我哥哥是為我們家爭得了光榮的，讓我也分享了他的光采。不錯，他不管是在學校裡的學期成績，或者藝文活動、演講等的，他都是手到擒來的非拿到第一名不可的；而這樣的好名聲，竟也傳到了校外去，真是可喜的事呀。

其實，他的外表並沒有炯炯有神的眼光，或者有一絲絲的驕傲之氣，而只是一副斯斯文文之態的，甚至於仔細的看，他還帶了那麼的一點「憨厚」味道，不明底細的人，誰也不明白他的腦袋瓜，竟然是那麼靈光，那麼的棒。

不錯，在當時和我一起通學的，還有我的兩個哥哥，他們都是經年累月穿著「兵仔鞋」的。而那種「兵仔鞋」和普通球鞋的最大不同點，就在於其鞋子的全身都是黑黑的，連墊腳的膠底，也都是黑色的；而一般普通的球鞋，大多是黑白布面的。當然也有全身黑色的鞋子，而那個樣子就和「兵仔鞋」是較接近的一種了；但其中仍有區別的。至少民間的球鞋，其底部，或連同其配飾在內，在其布面上的塑膠部位，還是一律滾著白色的，所以在眾多的鞋類當中，全身黑色的「兵仔鞋」，通常就是很顯眼的，一眼就可以辨識出來的了。

「兵仔鞋」，雖不是怎麼樣的好看，但其耐用性比普通球鞋為長，穿個一年半載都不會破，是夠經穿又耐用的了。何況「兵仔鞋」是自「賊仔市」（二手貨市場）買來的，其價格又僅及普通球鞋的一半而已。既然其使用年限很長，而價錢又更便宜的，在那種連吃飯都有問題的年代裡，當然以穿「兵仔鞋」為合算了。

何況，家裡的「衣、食、住、行」中的住，自己是已有房子可住，不用再行花錢的，而行嘛，一般是靠兩條腿走路，也不要花費什麼樣的錢；而「食」則不能騙人，雖然吃好吃壞的，總是要吃到填飽肚皮的呀，所以對於「吃」，就沒得省的了。因之對「穿」來說，那就常要去斤斤計較的啦，要緊緊的扣緊荷包的，能省則省，一切以簡樸為優先著眼，而省下來的錢，還可以用來多買一點米糧、地瓜等的來果腹。

至於我穿的鞋子呢，當然不會是球鞋啦，我有的只是土灰色的平底鞋。這種平底鞋，是沒有球鞋的帥勁，而其價錢又只有球鞋的一半或其三分之一而已。

固然，有鞋穿，這已比上學時經年打赤足的好一點了；我的意思並不是說，赤足有什麼不好。事實上，打「赤足」還有益健康的哪，我的意思只是在說，以穿著來看，有穿鞋總比打赤腳，是多穿了一件東西的，所謂的文明一點。

話是不錯的，有鞋穿，已是一大進步的了，對我來說；但在同學中流行穿著「迴力球鞋」的當兒，自己非但不能擁有「迴力球鞋」，甚至連其他較小廠牌的球鞋也不可得的環境下，有時總會感到好像矮了別人一截似的，甚至於還常故意避開了視線，不去看別人腳上穿的是什麼貨色的球鞋。嫉妒，我是有的，所以我一直的憧憬著，自己也能擁有一雙球鞋。

那天，阿隆邀我，說要到我姑姑家去玩。我姑姑原和我們一樣的住在鄉下的，其後她們家的西藥房買賣有了起色，全家人就全搬到嘉義圓環去了。阿隆是我的同班同學，由於他就住在我姑姑家附近，和我姑姑家的小孩時有往來，所以他約我一起結伴到我姑姑家去玩。

我知道阿隆家，他們兄弟一定是穿球鞋去的，而我不願意只有自己穿著平底鞋去，我受不了那種矮人一截的差異，何況我又是多麼的希望著，自己可以穿一雙球鞋過過癮的，神氣一下的。

而這倒是一個很好的機會了，趁著上嘉義的藉口，我就跟小弟商借了他的球鞋穿了。

不錯，我是比小弟大了三歲的，或許有人會認為我怎麼能穿得下他的球鞋呢？而這是因為，當時買東西時，都會考慮使用個三、五年，所以買的衣服或是鞋子等穿著的東西，總會揀寬一點的、長一點的，以備三、五年之後，雖然身高長高了、體重長重了，仍然可以穿的，而我的腳丫板又特別的小，比一般身高的同學小了好幾號，所以是勉強可以穿的。就是到了今天，我的腳丫板和我老婆的腳丫板去相比，兩者的長度還是不相上下的，雖然她不但是矮了一點，而且是女生。所以，我略略把鞋帶放寬、放鬆一些，雖然鞋子仍有一點點的緊，但還是勉強可以把我的腳擠進去的，而這就可以將就將就了。

次日，我去和阿隆會合。

「你的鞋子，怎麼那麼樣的小呢？」阿隆瞪傻了眼，一臉訝異的說。

「我的腳小嘛。」我靦腆的說。

「是不是你弟弟的呀！」

奇怪，怎麼一下子就被識破了！

「是呀。」我不得不承認的。向來的，我不善於說謊，何況我一向都是穿平底鞋，騙也騙不了別人的。

「那你怎麼能穿得下呢？」

「我的腳小嘛，鞋子雖有點緊的，但不礙事，我不是穿在腳上了嗎？」

到了嘉義，我們就徒步走上「二通」，亦即所謂的中正路。只見路兩旁的矮房子裡，洋溢著濃厚的筍干味道，有點酸溜溜的；此外，還有褐色的乾木耳，以及不知名的果子，咧著嘴，裡頭是一小粒、一小粒如同「蝨母卵」一樣的東西。後來，我才知道那「蝨母卵」的東西就叫做愛玉子，是專用來做愛玉冰的。

從火車站到圓環去，也有個把公里路途，但我們卻一忽兒的就走到了；可見我們當時是有點急行軍一樣的在趕路；另外，就是當時我們對走路是習以為常的，人人都被訓練到很會走路，又快又急的，再則當時也沒有什麼計程車、公共汽車之類的交通工具可以代步，就只有靠自己的雙腿。

當然，少不了的，我姑姑請了我們一頓大餐；其實，那時所謂的大餐，就是有魚、有肉、有丸子就是了。然後，她又帶我們去看了一場電影。初次到嘉義的經驗，令我最難忘的是，我看見了馬車。

那馬車，是馬匹拖著二輪式的車子的。那馬車看起來，是較鄉間的牛車輕便許多的；因為馬車的輪子都是橡膠胎做成的，而牛車則是木頭外包鐵皮的輪子。

馬匹都長著鬃毛，長長的，披在頸部間，而其尾巴也是長毛飄逸的；當馬兒昂首闊步的拉著車子，牠的健腿「得得」的敲響在石子路上時，就很令人想起電影裡那些飛躍的馬匹了，想起牠們那份雄偉挺拔的英姿，以及牠們那份躍馬大草原的神氣了。

我的腳丫板，閉縮在小球鞋子裡面，先前我還只是感到鞋子有點緊而已。慢慢的，我整個的腳就有刺痛的感覺了。再到後來，我的腳丫板好像突然變長大了，我的腳趾頭好像一直要奮力張開去，向外伸直出去的，而腳丫板也想平放在鞋子裡面；可是這小鞋子就是一個苦牢籠，任我如何奮力的把我的腳擴張出去，小鞋子猶然緊緊的裹著我的雙腳，所以我的腳想伸直也不行，想奮張也不行！

走著，走著，我的兩腿就有如小丑的跳著舞步了，我有點飄飄顛顛的；再走著走著，我竟成了一步一疼痛的。但我不能去表達，去關懷我那被束縛著的一雙腳丫子。我不能告訴我的同伴，我腳痛；我知道如果我略有所表示，那不就是否定了先前自己所說的，可以穿弟弟的鞋子的打包票了嗎？而這一來，我不是在自打嘴巴了嗎？我為了虛榮，也為了面子，我只得勉力的去忍受著痛苦。

太陽偏西了，夕陽餘暉映在南台灣樹下的落葉上，在橙黃沉重而豐碩的稻穗上面，終於我又搭上了五分仔車，返回新港了。

待和阿隆道別以後，我就急急的離開了他們的視線，我把球鞋脫了下來，我想解放我的雙腳；當天，我真是委屈了我的雙腳了。可憐，我那一雙原本紅潤的腳丫板，全變成蒼白而無血色了；而且，我的腳底和腳趾頭，還有腳後跟的，各有一、兩個地方破皮了。我今天穿的鞋子確實是太緊太小的了；而那小鞋子把我的腳皮磨去了，一片又一片的。

待我的腳踩上了地面時，一陣血液的流竄，使我感受到輕微的酥麻之感，癢癢的，帶著那麼一點點微微的刺痛。

我在心裡想著：以後不能再幹這種為了顏面問題，而殘忍的犧牲掉足踝的自由的傻事了！

我把球鞋用手指頭勾著，掛在肩膀上，而後我赤著腳踩在石子路上。雖然那些起泡過的腳底與腳趾頭，還是有點刺痛的感覺；但我還是感到無限的歡欣，而這種歡欣，就是來自腳丫板的自由解放。

（刊1982.09.25台灣日報）

憶童年放風箏

藍天迢迢邈遠，陣陣金風秋來送爽；大地是一片清朗的悠遊，白雲逍遙飄浮處處，幾只風箏藍天下競相迎風招展，悠悠然之姿，令人嚮往。

天是一片的蔚藍清爽，地是一片的豐碩金黃稻香；在一望無垠無際的大地上，正散發著感人心神的安寧與平靜。我癡癡的望著風箏，那在空中悠遊徜徉的風箏；尤其特別注目著那飛得更高、更遠的蜈蚣風箏。蜈蚣風箏，一身軟趴趴的，有似仙風道骨似的，在臨風中搖曳著，舞出暇意的倩影，無限的邈遠。

我瞄了一眼家裡清出來的，久不用的瓶罐和破鐵罐，加上往日在屋四周圍揀來的破瓶、碎罐。這些揀來的「破銅爛鐵」，還不夠賣個五毛錢的，當然買不到那種兩倍價錢，值一圓的風箏了。

老家四周的院落大，原是醫生的寓所；所以時常是一鋤鋤下去的，就掘出了一個小玻璃罐或者半個鐵罐什麼的。攏在一起後，待收破爛的來，也可換個小零錢零花；雖是一點點的小錢，但在我童年時，那可是不得了的外快了，夠買幾粒糖丸或者冰棒了。

聽說較大型的風箏，如蜈蚣、蝴蝶、大鵬鳥等的，都是布質做成的，而且有些還帶著風鈴哪，能在空中不停的「咻咻」的直叫著。但是，如果是小風箏，它們僅只使用竹片為架構，其上覆紙，糊一糊的就好了；在材料及製作上，都很是方便的。我既然奢望著擁有風箏來玩，可惜又沒有錢去買的狀況下，那就惟有自己動手了。

小時時間多，大人也不管我到底在做什麼，只要我不搗蛋就好了；而這也讓我有充分的自由。說做就去做的，我當即把用過的冰淇淋棒，修飾得細細的、圓滑輕巧的，再用縫衣線將冰淇淋竹棒子紮成了菱形，充當骨架。然後我找來餅干盒上的半透明的玻璃紙，那是又輕又耐撕的紙張，將它裁剪成適當的尺寸，用米粒糊在冰淇淋竹棒做成的骨架，有三邊的尖端各加上長長的玻璃紙條，冀望我製作的風箏升空之後，那些紙條子會隨風飄動著，產生了飄逸之姿，而且還可以具有穩定風箏身子的功效。

然後，我再把昔日收集來的水泥袋的縫線找出來，我禁不住雀躍的跑向了原野。

在芒草、野樹和木麻黃樹木間植的村道上，這裡一向是車少人稀的，正是放風箏的好所在。將風箏逆著風向，我就邁開了赤裸的腳丫板，往前一直的跑。我那早就練就的碩厚的腳底板，踩在鬆軟的泥土和堅硬的鵝卵石上，頓然我領略到了落實的感覺，腳踏實地的實在。

風箏逆風竄升而起，線索被扯得筆直的，我正自慶幸著我所做的小風箏，就要冉冉的穩定的飄浮在空中的當兒，而那種成果將讓我有自我滿足之感。

不幸的是，那風箏卻不聽我的指揮，它一個俯衝就栽向石子路了。哇，好可惜的，它掉下來了！

我一而再的重複著我的慢跑與拉升風箏的動作，雖然在我略為熟練之後，真的曾把風箏拉升在空中，穩定的飄飛了一下，讓我興奮的小心翼翼的收放著細白線，品嘗到片刻的喜悅。但在大半的情形下，風箏總是短暫的略事停留一下而已，甚至於不一會兒的工夫，就一頭栽回地面上；再不然就是上下左右、橫衝直撞的，最後擱置在樹上，而到那時我只得勞神的攀爬，把那纏繞在枝椏上的細線，自茂密的樹葉叢枝中清出來。萬一不幸的，風箏被纏繞得無頭無緒的，我就非得把細線扯斷，才能解開風箏。而那扯斷了的線，只得打個疙瘩接起來，而原本是僅帶著微微灰色的白線，則早已成了墨黑色了。

固然，在我的童年歲月裡，我並沒有把風箏放得高高過的；但我仍常回憶起那段日子。那段日子，我沐浴在鄉村的清新空氣中，以及在和煦的陽光下，自己玩得滿頭大汗的歲月。我滿足於那個每天玩到傍晚時分，我已是一身「烏七八黑」的歲月，我也滿足於曾有那麼一段無憂無慮，放著風箏的自由自在的歲月。

（刊1983.04.24大華晚報）

在童年的蟬喧裡

在城市土灰色的水泥高樓中，其實既使彩繪了高樓大廈的建築，也仍是欠缺了原野的生命力；在熾熱的柏油路上，在那欠缺透水性的大地裡，更是見不到任何山林的生命力。在匆急奔馳的車陣裡，人們早已遺忘了花草之美和祥和的天地。總之，呆久了水泥高樓中，整天飛馳在柏油路上，在車水馬龍的繁囂中，這是令人更為懷念的，昔日在鄉村裡，整天所聽聞到的蛙鳴與蟬唱了。

遠離故鄉的這些日子裡，每當初夏來臨，我就懷念蛙鳴與蟬唱了；我尤其會懷念那孱弱的蟬喧，它們的生命是何其短暫，而仍賣力的生活下去。在這陽剛的夏季裡，我卻去懷念那些孱弱的蟬喧，或許這本身也是一種悲淒美。我懷念蟬喧裡那份固執無盡歇的歌唱，也懷念蟬喧裡那份令人哀傷與淒美的感覺；快樂最是易逝的，悲情卻是無止歇的。

如果這世界上還有神祕存在的話，我們或許可以在蟬所背負的翼裡去尋覓吧。那蟬的翅翼含著一種透明性，而且在透明中刻鏤著網狀的圖案。那蟬的翅翼，在透明性裡依舊亮著僅只數朝數夕生息的淒美；在那翅翼中，在那透明性中去訴說一生的成蟲、成蛹、脫殼、羽化的艱辛生命歷程的奧祕。

我童年生長在四處有蟬喧的天地裡，不但因蟬而把童年歲月過得璀璨又有趣，而且俯拾了一籮筐的回憶。提起夏季，那是回憶裡的寶藏庫了，不但蘊藏著我在稻田、圳邊、溝裡的釣青蛙，在池塘小溪裡去釣魚、釣蝦的樂趣，而且還有我在樹蔭下編織的無數的夢幻與憧憬，而這些點點滴滴的記憶，都是來自於蟬喧與蛙鳴的聯想裡。

童年時，捕捉過很多的蟬。蟬大致可分二大類：一、為在雜草裡，抱著碧綠草葉，隨風飛舞的草蟬，其軀碧綠，其聲斷斷續續；二、為隱於喬木枝幹上的，雄霸四方的黑蟬，其軀墨綠或墨黑的，其聲悠揚嘹喨，響徹雲霄的。但是，不管是在細緻的草蟬裡，還是在雄渾的黑蟬上，它們都是夏的歌手，整日喧鬧不息的歌者。

於今我踟躕於城市裡，在無蟬與蛙之地，不禁令人更為懷念蛙鳴與蟬唱的原野；同時，也更懷念那些童年裡的光陰了。

（刊1983.06.09大華晚報）

鳳凰木之頌

若果要為花木塑像，首先我定然會挑出是鳳凰木，一則自我有記憶之時開始，我已然每天遨遊於鳳凰木花之下，並在鳳凰木花下成長了我的童年；再則鳳凰木花之火焰紅，比之於木棉花並無不及，而其繁富、雍容之姿，則猶有過之。

我的老家在南部，兩旁各種有鳳凰木樹一株。當我有記憶之時，這兩株鳳凰木樹已及屋簷之高；二樹比肩而立，枝葉繁茂平伸，廣覆及於數丈方圓之域。

每當嚴冬時節降臨，其綠葉亦已凋零，其枝椏枯槁似人之指掌之伸，獨不見綠葉披覆其上。佇立而望之，但覺天地孤寂一片，或以為鳳凰木樹已奄奄一息的，來日無多的了；其實不然，鳳凰木樹是繁華落盡的憩息，正蓄勁待發，來年再行奔放。

當初春來臨，略一不注意的，就會乍見鳳凰木樹，其新綠翠葉突然的就覺醒了起來。鳳凰木樹，自枝梢處開始萌發翠綠羽葉之後，不消幾日的工夫，就可見到略帶黃暈色焰紅的花朵綻放出來，此時花朵掩蓋了新綠翠葉，而後花就更茂盛，葉也更茂盛的了。此時，鳳凰木樹竟能以那區區的米粒大小的小葉片織就了羽葉，和繖房狀焰紅的花朵，而且遮蔽了天日，而撒下一片的蔭涼，也令人驚奇。

我家門口的鳳凰木樹，其中有一葉少而花多者，遠望猶如豔紅的花洋傘，令人驚豔，更似一團熱情的野火，熾燃於天際；另一為葉多而花少者，遠望花葉紅綠相間，一如村姑秀髮上插滿了豔紅花朵。當時，我問哥哥為什麼兩株樹，一花多一花少的。他說：花多的是母的，花少的是公的。其實，其真實性究是如何的，尚有待多加考證；但在當時，那個年紀的我，我是深信不疑的。何況那樣子的講法，不也是擬人化的有趣的譬喻嗎？

當春風輕輕的拂來，或者夏風習習之時，那米粒大的葉瓣，一部分為萎黃的，另一部分雖仍為碧綠的，就都會隨風飄舞而下；而其葉瓣飄盪旋轉之姿，著實輕盈可愛極了，令人目為之眩。而其葉瓣，偶掉落在我臉上、手上的，更是有一如小雨滴，滴落在我鼻尖上，那麼癢癢的，舒服極了。

鳳凰木樹，其花瓣分五，瓣瓣一如浮萍一般的，更酷似小黃蝶的翅翼之形；也因之，二瓣相連結，即具蝶形狀，揚之於風中，飄然而下，也是舞蝶之具象。

至六、七月仲夏之時，鳳凰木樹是花越開越豔麗的了；此時的小黃蝶、小白蝶，以及繽紛的大花蝶們，就競相飄舞在其中，悠遊在其上了。頓然的，就更加增添了幾許花木的嫵媚。而自此以後，乃見青莢略帶透明的，一如關刀抽出於枝椏間，在不知不覺之中成長了，並於仲秋時分，其果莢由碧綠而轉為土灰而為成熟。

當果莢成熟之時，亦即鳳凰木樹一年生機之終極；而後全數飄落羽葉化塵泥，頓然的，就成了枯槁之狀。

當颱風來襲，為防枝葉掃落屋簷瓦礫的，常將其臨近屋簷處之枝椏加以整修，方覺其支幹之脆弱、易折。我常想：鳳凰木以其脆弱之軀，而得肩負如此豔麗繁茂之花朵，誠覺其不虛此生，也覺其對生命之享用，自也極盡了其繁華與揮霍的能事了；而其對生存之禮讚，也已達到了極致。

固然的，鳳凰木樹外在非常之豔麗雍容華貴，令人賞心悅目，心曠神怡的；但當繽紛的蝶群舞弄其間後，常即有土灰色的小毛蟲生成，及至毛毛蟲略長大之後，乃成紋彩華麗的蠕蟲，其色與柑橘園裡渾身碧綠的毛蟲自有大區別，而其背脊上長有彩色的茸毛，更為柑橘園裡的毛蟲身上所無。鳳凰木樹的毛蟲，偶掉落於我身上，稍一不覺的，被其爬行過的肌膚上，頓生一楞楞的紅腫，奇癢無比，令人很是不舒服。

如今徜徉北國，再見鳳凰木樹已屬相當不易，此時更感鳳凰木樹，越發的可愛迷人；雖偶或有被毛毛蟲爬行之危，也不減企盼其姿之情。

（刊1983.07.04中央日報）

苦竹樹林下

老家的兩旁，植有許多叢的苦竹樹林；每叢的苦竹樹林均茂密的開展出十數株一樓半高的成竹子。而其根節茁壯、直挺，其尾梢則略似含羞下垂。

記得，看過清末民初的台灣文學作品裡，時有會提及或描述苦竹樹林之處的。確然，即使在二、三十年前台灣的小村莊裡，其村莊外圍仍莫不是遍植有苦竹樹林的，即以之為界，亦以之為防風樹林之用；同時也兼具為屏障、防敵、防亂的功效，實仍保有先民拓荒，篳路藍縷的舊景觀之一。

苦竹樹林的成竹，總有大碗口般的粗細，其節莖堅韌；在鋼筋洋灰尚未普及之前，苦竹不僅是搭建倉庫、草寮、屋宇時，用之為棟樑和房柱之用的建材，而且連搭個小橋的，做個竹筏的，也莫不以其為主要的材料。

苦竹樹林，一生均是平淡無奇的，其略有韻緻之時，當係在初夏時分了。那時，其竹葉墨綠、虎虎生風的。而當微風輕輕的拂來之時，即把苦竹樹林搖曳成單調的「嘎嘎」的作響著的了，並與蟬喧、蛙鳴同起落著，把個鄉村固有的純樸與知足無爭，飄落在各個角落裡。

台灣在二、三十年前，作飯、作菜是用爐灶的，燒的是粗糠、竹枝、木條；作飯後，其灰燼頗多，是故每餐後必要清灶，否則下次升灶不易，而灶火也不會旺盛的。

爐灶餘下的灰燼，即經清理出來，其出路即係往苦竹樹林下去丟棄、掩埋，又加苦竹樹林自身經年累月的落葉，化成灰泥淤積著，因之苦竹樹林下就經常保持著乾爽而鬆軟的土性了。若是一腳踩下去的，一個腳丫板就會遺落在苦竹樹林下了；尤其是在雨後的地面上，看似乾燥的地面，其實一經踩下去，除腳印即時遺留以外，潤含在泥土中的水份當即滲了出來，而淤滿於整個留下的腳印裡了，乍為好玩；而那種有似捏泥巴季節的，與泥巴相週旋的歲月，也著實令人難予忘懷。

在苦竹樹林下，還有令我緬懷不已的，那就是在苦竹樹林下會孕育一種菇菌類；小時，我們稱之為「雞肉絲菇」的。那種菌菇類，每在雨季裡，隔不了幾日的，忽的就會冒出許多的菇菌來，爭相亭立著。

那種菇菌，其形如灰色的傘，大者足有碗口般大，而其上層外皮色帶黑，其下層則內色雪白，採摘後清煮之，味佳有若雞湯的汁液，而且菌體滑嫩滑嫩的，甚是可口；於今想來，其味美較之時下的人工所培育出來的鮮菇類，猶有過之而無不及，而其芬芳爽口的口感，更是鮮菇所難以比擬的，誠屬鄉野美珍味之一。

我常想：人要具有適應力的，才能乘長風破萬里浪，才能不為艱厄所阻撓的，才能勇渡難關，開創新天地。

記得我在貧乏的童年時期裡，我曾割取過苦竹筍食之。固然家人都深知沒有別人家會去取食這種苦澀的苦竹筍的；但在當時三餐不繼之時，為圖果腹填飽肚皮，雖明知其味苦澀，不適食用，仍勉強久煮之，再揚棄其苦湯汁，待苦味淡薄後而取食。

當黃昏的晚霞裡，農人已趕著牛隻收工回家時，家人正為晚餐欠缺了菜餚而默然無語時，我帶著靦腆直趨至苦竹樹林下。雖說，苦竹樹林屬於我家範圍內，但我還是不願意被他人撞見，我在取食這種沒有人要食用的、苦澀的食物。

不巧的是，越是怕被他人撞見的事，卻真的會被鄰人看到的。那鄰人，詫異的問著我：「可以吃嗎？」突然，我感到臉上熱辣辣的；但我仍是自顧自的繼續割取苦竹筍子，不予置答。而當時我的那股尷尬勁兒，就一直的常留在我的心田裡了；而這也隨時提醒著我：我曾有過的苦難歲月，以及我是如何的在艱難中成長的。

在苦竹林樹下度過的歲月裡，雖有苦澀、艱苦、憂傷的；但那時，我們有的，更多的是童稚、歡欣、滿足與愉悅。而家裡的笑聲，也經常不斷的，因為我們一家人都很容易滿足。而這也令我深深喜愛去回憶過往的日子了，而在每次的回憶過往裡，我都會再次跌入那個在農村裡的生活，在那種知足、和諧與安詳的農村生活歲月裡的情緒中。文明或者物質文明，其實帶給我們的喜悅並不多！我常這麼想著。

（刊1983.09.16台灣日報）

釣青蛙

「阿海，去糴米！」伍哥在我的身後，僵硬著聲音，命令著我。

我停住了我的腳步，頗不情願的把釣竿依靠在石磨子的旁邊。釣竿前頭所結紮的釣線，在其另一頭上面，那剛紮綁好的蚯蚓，那是當釣餌用的，也因之就在空中晃盪著了。

我一聲也不敢吭的，走到米缸子旁邊，去找出米袋子來。

說是糴米的，其實是去賒米的，買了米不給米錢的，而是用記帳的，欠著的了。也多虧有這麼的一位親戚開著輾米廠，比較好說話，沒錢就記帳的，等我父親發薪日再去結清欠款。

糴米，是我很不甘心做的家務事之一；只因來回往返輾米廠的里程，足足有兩公里的路遙，而扛著三斗米走路回家，對一個十四、五歲的小孩子來說，還是蠻吃力的。

何況買米不付錢，臉總有點掛不住；而且又是長期如此的，不斷的重複著同樣的動作，久了也會累的，久了也會彈性疲乏的。在一次次的煎熬裡，自然而然的，那時我對「貧窮」的兩個字，在我的小腦袋裡有時是和「能力有限」劃上等號，是同意義的，否則為什麼還要看別人的臉色呢？為什麼我家要衣食匱乏呢？雖然，吃好吃壞的，穿好穿壞的，都是我自家的事，與他人無涉。

糴米回家的途中，我冷眼看見了一隻母雞，在庭院的灌木叢下作勢欲嘔，似是很痛苦的樣子，而在當時，我並不在意。

我半彎著腰身，小心翼翼的把碩重的一袋米，從肩上翻個轉放到地面上去。此時，我頓覺身心輕鬆了不少。

我揀個斗笠，戴在頭上。我轉身到石磨子旁邊去，想去拿我的釣竿；卻是奇怪的很，我的釣竿竟然不見了！我詫異的再次看著空盪盪的四周，那裡還是看不到我的釣竿身在何方！

這時，我倏然想起那隻母雞來，莫非牠太貪嘴了，把蚯蚓吞了！我抬頭望向灌木叢林去，可不是嗎？那條釣線，還垂在雞啄上的哪。

母雞又伸了伸牠的脖子，似是想要把那該死的蚯蚓吐出去；可是牠嘔了好幾次的，還是沒有用的，牠不得不失望的又蹲回在地上喘息了。

我趨前去，母雞竟又慌張的想逃走了，可是牠蹦跳了幾下之後，還是不得不又蹲回在地上，不停的喘息著了；因為牠還是被某個東西牽扯住，被絆住了。牠似乎已經奮鬥了很長的一段時間了，奮鬥到筋疲力盡了，所以牠不停的在喘息著。

我再向四周一看，原來我的釣竿，被夾在幾枝灌木樹幹之間，釣竿被夾住了；也怪不得的，所以母雞再是怎麼樣的掙扎，就是掙脫不了釣線的牽制。

我小心翼翼的把母雞捉在手裡，拉扯著牠嘴裡的釣線，硬是把蚯蚓從母雞的喉嚨裡拉扯出來。我是這麼想的，蚯蚓一定是被雞吞到了牠的喉嚨裡了，否則母雞吐了那麼久的，怎麼會吐不出來呢？

我隨手把母雞順勢一拋的，慶幸著：幸好媽媽沒有看見，否則準挨一頓責罵不可；母雞又「咯咯」的叫了幾聲，就飛奔到別處去覓食去了。

昨天，我到圳溝那邊去釣青蛙。那圳溝裡，茭白筍植滿了河床，茂茂密密的，我竟釣到了一隻足有二、三兩重的大青蛙，裝在麵粉袋裡，是沉甸甸的，真夠份量。而這使我很是興奮，而想再去試試運氣；可惜出師不利，竟先釣到了一隻母雞，而且差點惹禍挨媽媽的罵，看來今天的運氣非「衰」不可的了。

釣青蛙的工具，最是簡單不過的了；一根細竹竿的，前綁一條細繩或粗線的，就可以了。固然，好的釣竿，也一如釣魚竿一樣的，是由三、四節的觀音竹結合而成的，又長又富彈力的；但釣青蛙用的竹竿，至少毋須如同製作釣魚竿，有那麼樣多的零件，比如：釣鉤、釣漂和鉛錘等的。

另外，就是準備一個舊的麵粉袋，將它縫在粗鐵絲折成的圓口形上，好讓麵粉袋口張開著的，並且準備一個把柄子，那是用來握持用的，而這個釣袋，就是用來接裝青蛙用的了。

釣青蛙，最是沒有技術了。青蛙上了鉤，似乎個個都還是懵懵懂懂的，還不知道所以然的，既不掙也不扎的，僅只靜靜的垂著兩腿在空中，因之很容易就被接進了袋子裡去；除非有些青蛙，才只剛把蚯蚓含在嘴裡而已，尚未吞下肚裡去的，此時如不快一點的去接，蛙口一鬆，青蛙就掉回稻田裡去了。

釣青蛙是最簡單不過的事了，不像釣魚還需要有一點技術的。釣魚時，如若不謹慎點，眼明手快點，魚餌反倒要被魚吃掉了；而且釣上來的魚，還常會奮力的蹦跳著，猛然的用手去接住，還常會被魚的腹鰭、臀鰭刺傷手掌心的。

我心裡雖有著疙瘩，還是禁不住昨日釣到大青蛙時的那種興奮，以及誘惑。我緩步走向渠岸處，已是初秋時分，藍天中萬里無雲的，原野是遍地的翠綠，高及尺許的稻禾，茂茂密密的，千頃萬波的，令人感到心曠神怡。

在岸上，每隔數步遠的地方，我就把釣竿放進稻禾田裡去，然後輕輕的抖動著釣竿；也就是說，我讓釣線上的一團蚯蚓，在田間裡跳躍著，用以引誘青蛙的注意並撲食之。可惜，抖了十幾處的地方，都不見青蛙的踪影，看來我真是倒楣了。

我帶點失望的，我轉進了低矮的田埂上。那田埂上，雜草處處的，兩旁尺許高的稻禾，茂盛得幾乎把田埂都遮掩住了；再過半個月的光景，稻禾就要抽穗、結實了，又將會是豐收的一年了。

禾葉擦拭著我赤裸的小腿，有點陰涼刺痛感的，我感到打從心裡浮起的一股股的不自在。

迫不得已的，我只得在前行時，用袋子先在前面的路上搖動幾下，並且重重的踩著步伐；我是深怕，深怕在這種茂密的草裡，踩上一條軟綿綿的長蛇！

想起軟綿綿的長蛇來，我就渾身的起著疙瘩的。當然，這種製造噪音而前進著的行動，能使我自己心安不少，但也因之更沒有釣上任何一隻「聾耳」青蛙的希望了，因為青蛙也多被嚇跑掉了！

釣了好久的時間，袋裡依然是空盪盪的，真是丟臉的很！釣技是如此的差勁！

太陽已昇在我的頭頂上去了，遠處的人家又在嬝嬝炊煙燒飯作菜了，似是在準備著午餐的；而偏右的村道上，只偶而有一、兩部的汽車，慢慢的在行駛著。

我回頭看看家的方向，家的影像已成火柴盒那麼樣的小了，走到這麼遠的了，我暗自驚叫著：「該回家了，否則待會兒媽媽找不到我，又要罵我一頓的了。」

當我準備收拾釣竿，打道回府時，我抬頭一看，正瞧見左邊有苦竹林搖搖曳曳的，其旁竟是大水渠的。

那大水渠，不是大青蛙最喜歡的生活領域嗎？我突然聰明了起來，而自問著。而後，我匆匆的奔過去，我期待著，能釣到一隻大青蛙。

渠水不很深，其上水草、雜草繁茂滋長著，足有三尺來高的。我困難的把蚯蚓從茅草葉片中間放下去，然後我輕輕的抖動著釣竿。

我不敢希冀能釣到二、三兩重，一如昨天釣上來的大青蛙那樣，但我還是憧憬著能釣個一兩來重的青蛙，算是來沖喜的；只因我今天，一出師就很不利的，釣到了大母雞。

我靜靜的抖著抖著釣竿，突然似有野草被碰撞的「欻欻」聲出現，我摒息以待的，更加沉穩的抖動著釣竿。乍然，一個更大的茅草響動的「唏唆」聲傳過來；我感到我的釣竿被沉重的拉扯著，我一陣興奮自心底浮起，我心砰砰跳著，我慌忙的把釣竿拉高了起來。

「哇，什麼東西啊！那是什麼東西的呀！」當我瞥見一條長長的東西被拉扯了上來，而其白色的腹部，在太陽光底下耀著眼時，剎那間的，我楞住了！

當我再定睛看過去，那，那，那不是一條蛇嗎？我但覺心一涼的，腳底發麻，我顧不得再細瞧它一眼的，我丟下了釣竿、釣袋，就沒命的往回家的路，跑回家了！

哇，軟軟的爬蟲呀，哇，令人起雞皮疙瘩的東西！

這已是二十年前的往事了，每憶及釣到了一條長長的蛇的那一剎那時，我還是禁不住的要腳底發麻的哩！

（刊1984.08.22商工日報）

羊咩咩的呼喚

如果說我屬羊，所以我對羊有特殊的感情，我是不會反對的。記得在童年時，有一年的冬日裡，母親總會在天未亮之時，熱一碗羊油爆薑之後淋在麵線上攪拌的麵線給父親吃，而母親同時也會搖醒我品嚐一碗。

當我聞到羊油爆薑的香甜味時，我只感到母親的溫馨與暖和！雖然在冬日裡，蕭瑟的冷風總會從窗戶的隙縫穿透進屋子裡來，讓冷颼颼的寒意充塞整個房間，此時而掀開溫暖的被窩，就會有寒意侵襲過來，甚至於讓自己哆嗦不已的；但當母親搖醒我的時候，我還是會急不可待的掀開綿被窩，把媽媽端過來的那碗麵線，囫圇吞的吞進肚子裡去。羊油與薑的熱氣，頓然在我的心田裡擴散開去而一股的暖意昇起，我反而感到暖和了許多。

羊油爆薑拌出來的麵線，是冬天裡驅寒的聖品之一；吃了個把月以後，有一天媽媽沒有搖醒我，而我也再不能在天色未明時先嚐一碗羊油爆薑的麵線了；我不知道這是為了什麼？猜想，或許是沒有羊油了也說不定，但這確是一件令我遺憾與失望的事。

其後年歲漸長，口袋裡偶有零用錢時，我也會在小攤子上，去品嘗一碗微帶羊羶味和著大蒜和蔥香的羊肉羹，滿足一下許久以來的嘴饞。

離開家鄉以後，我意識到自己屬羊，就不再品嚐一切屬於羊的製品了；這雖是令人可笑與認為愚昧的事，但我確實斷絕了去品嚐羊肉的念頭，即使在以羊肉火鍋、羊肉羹、沙茶羊肉等聞名的岡山小鎮上，依然視若無睹。

童年裡，我曾養過一隻台灣土黑羊；牠的死，令我嚎啕大哭過。那個記憶，雖因自己年歲漸長，對人性善良面的溫馨、關懷、友愛，開始有點痲痺了，在情感上也對之慢慢的鈍化、隱蔽掉；但我對小黑羊的懷念，卻是越來越深切的，而且也更嚮往那段與小黑羊的相處，我的童稚與牠的溫馴，我們真情流露相對待的日子。

記得當時，我適在外婆家玩；伍哥捎訊息來說：大黑羊死了！

乍然聽到我的「小黑羊」死了，其實那時的「小黑羊」已長成大黑羊了；而我仍樂於叫牠是「小黑羊」的，或許「小黑羊」的名稱已經變成我對牠的暱稱了。

驟聞小黑羊的死訊，我只感到驚訝與不敢相信；接著我放聲嚎哭，吵著要回家。回到了家，我果然不見大黑羊的踪影了，羊欄裡是空蕩蕩的，令人若有所失。據母親說：「那羊，是吃了雨後濕漉漉的草，先則肚脹下瀉，繼之則不思飲食，最後就嚥了最後的一口氣，死了。那小黑羊死後，究竟是如何處理的，我一直沒有發問過，因為那不是重點所在。

那小黑羊，初到我家時，還只有兩、三個月大，茂密柔軟的黑毛洋溢著光澤；纖細的小嘴啃著草，不時的揚起頭來，「咩咩」的呼叫著，牠似乎仍捨不得離開羊媽媽的關愛，看了還真讓人愛憐不已的。

當時，我常把牠牽到小鐵道旁的草地上去放牧。在那有如茵綠草的大地裡，望著牠時而紳士般的低頭啃食著嫩草，時而縱橫輕躍著，時而溫馴的依偎過來的樣子，就讓我和牠成為相互間的玩伴了；那時，我絕不會去想到牠成長後的下場，究是要被賣掉或者被屠宰，也更想不到的，一年之後，牠竟因貪食濕漉漉的野草而亡。

羊一向溫馴的，我們從牠小小的琥珀色眼裡，就看得出其沉靜與溫和的性情。當牠是小黑羊時，小黑羊更是天真得喜歡跑到我的身旁摩摩擦擦的；而我則撫著牠的背脊上柔和的鬃毛，和牠鼓鼓的肚皮。也有時的，牠也會仰著頭挨向我來，我則撫弄著牠頭顱上潤亮的毛髮。

小黑羊一向是溫馴的，但有時也會驚慌失措；那是當牠聽到了「五分仔」火車笛聲的時候。那時牠總是嚇得一個蹤躍的，就跑得遠遠的去了。牠總是躲到笛聲漸去漸遠的地方去喘息，有若遇到了天大的災禍般的。

羊是矯健的，當我在月世界的底下向四處的山頭一望時，但見黑色的、灰色的、白色的羊群，在好幾個瘦骨嶙峋的月世界山頭上，啃食著銀合歡的叢樹葉。在羊群那一抬頭、一舉足之間，隱然與天地間的靜謐相會合時，我是萬萬想不出任何方法的，那些羊群究是如何的攀登上山頭的；雖然在山頭上，確實牧著一群羊。而且在月世界裡，在那種陡峭的山坡上，也沒見得到有那隻大意的羊會跌跤滾落山腳的。

小黑羊是緘默的；只在每天被關在羊欄裡多時了，牠不能自由的活動筋骨並俯仰於草原上時，或者在夕照中踩著向晚的餘暉回家時，牠才會不停的咩咩叫著。牠所以會不停的咩咩叫著，是被悶在羊欄裡悶壞了；或者在向晚的回家路上，牠已知道又要被悶在柵欄裡。平時裡，小黑羊總是流露出一股靜謐與羞赧；而當牠叫得最勤快，最長時間的時候，那總是在颱風將來臨，接連下了幾天雨的日子裡；因為牠被禁足了許久了。

接連的霪雨把泥土路都淋成濕濘濘的了，而低窪處甚至於仍積滿混濁的水流，雨依然下個不停，也把羊欄裡面侵蝕得霉味衝天了。小黑羊連續多天進食乾地瓜籤的，悶慌了，牠就咩咩直叫著直吵著，似在提醒我帶牠到大草地上去，去自由自在的覓食。

台灣是個多颱風、多雨水的地方；有幾次，小黑羊竟在天剛放晴時，就急不可待咩咩的長叫，叫得我的心也跟著浮躁了起來，對呀，我也想出去透透氣的呀！拗不過牠咩咩的催促，所以我只得偷偷的牽著牠走向鐵道旁去放牧。

一路上，但見河邊處處有人，都是在用魚網撈魚蝦的；而更多的是看熱鬧的人。從不遠處看去，只見魚網忽而往下放忽而升起，偶而的就會有雪白的鱗光在網中跳躍了幾下，而捕魚人就用小網子把魚網住撈回岸上，然後再放進溪邊水中的竹籠子裡。

那時，我真是羨慕那些捕魚人的了，他們只要有個大網子，就可以把天地之所賜帶回家供自己生活，或者分給左鄰右舍的共享，或者去出售換錢的。

一路上，另外可看到的，就是更新綠的野草處處抽出了新芽；野草好像經過雨的洗禮之後，就脫胎換骨變成另外的一片草原了，還有的就是躲在草叢裡，開得更為紫色圓潤的含羞草了。

我們呼吸著雨後的清新空氣，瀏覽著雨後的碧綠原野，竟因之而也洗滌了幾天來的鬱悶了。

我和小黑羊，我們輕快的步過了小河邊，步過了稻田，然後就到那久違多日的草地上；小黑羊興奮的這裡咬一口的，那裡吃一口的，似乎亂了章法，不知該先品嚐哪片草地上的草。

看著牠矯健的身軀，快活的，興奮的啃食著野草時；我不禁也被感染了興奮與欣喜。我不知不覺的，也學著牠咩咩的叫聲呼喚著牠，而牠也咩咩的叫著回應著。牠並以閃爍著的眼神和我相呼應著，牠不斷的抬頭望望我；但牠仍不願放棄牠腳下那些清香可口的綠草，而跑到我的身邊來。那時小黑羊的那份貪吃的、純真的嚼食狀，總令我捧腹大笑的。那天，我們直逗留到很傍晚的時候，才依依不捨的離開那一大片的草地回家。

這確是想不到的，在我到外婆家去玩了半個月的時間裡，牠去了，而我哭了！我再也不能牽著牠到草地上去覓食了，牽著牠回羊欄去睡覺休息了。

聽到小黑羊的死訊，我那嚎哭是我一種真情的流露；只因為我失掉了牠。也或許在我心靈裡，我並沒有把小黑羊看成是另外的一種動物，而與人類有任何的差別。何況小黑羊也是一個活生生的生命體，有情感，有情緒，也懂得依偎、撒嬌、歡欣、耍賴，除了不懂人類的語言以外，小黑羊又與「人類」有何不同的呢？更何況，在我的童年歲月裡，因左鄰右舍離我家都頗有一段的距離，所以我和附近同年齡小孩的來往互動就較為欠缺，而與我同為有活生生生命體的小黑羊，自然而然的，就成了每天和我相處最多時間的玩伴了。

（刊1985.01.06商工日報）

故鄉

太熟稔了，那吸來的每一口的空氣裡，就是盈溢著滿滿的黃蔴皮的腐爛味氣息的故鄉；而今，置身於北國裡，倒令我日夜縈思著那曾有黃蔴腐爛味飄散著的故鄉了。

在北國的風沙中，在歲月的蒼老裡，在一場厭倦市囂與成長、變老中；對這種日子，我就會萌發一份返鄉的意圖；在一份思鄉的情愫裡，我就蘊育著一場失落了童年的哀傷。我並非喜好腐爛味的人，只因我所謂的故鄉，早年是和製作黃蔴絲的腐爛味相結合的故鄉。

拂不去的，忘不了的，是那故鄉的水溝渠裡，那沉浸著的黃蔴的腐爛味道；在那被圍堵的小水溝裡，其水早已呈污黑的、止息的狀態，而在夏日豔陽下被照射著。

那水，是耗去了它全身的清澈與心神的犧牲者；那水，是用以為孕育出雪白黃蔴絲的誕生而已深感疲累的水。其腐臭味的飄散，那是沒有人願意去領教承受的，但是它卻是莊嚴、神聖又勇於犧牲的標誌。

返鄉，首先入目的，依舊是木麻黃搖曳成婀娜多姿的行道樹；而水溝畔的野草叢，仍在你推我擠裡喧鬧不已著。

故鄉，一個平原上的小鄉村，二稻一雜糧的豐收，乃使人從容的享用日出日落的美景，使人安寧閒逸的打發日常生活。這裡沒有浮華的炫耀，沒有匆匆忙忙的緊張；有的只是日出而作，日入而息的安詳，以及清風明月的閒適了。

故鄉，一個平原上的小鄉村，沒有山稜走過，也沒有小山丘陳列著。山，是在天高氣爽或者雨後才會綻放而出的形象；而那形象是遙遠的，遠在天邊的。山，只在遠遠的碧空下，映現著連綿的蓊鬱蒼翠，展現出肅穆與靜謐；或者微傍著靄氣，顯露著蒼茫，令人遐思不已而已；也或者是掩映在彩雲端間，織繪了幾朵白雲與青山，飄遙邈遠的令人神往不已。

故鄉啊，沒有山稜線，也沒有小山丘；有的只是一望無際的平原。而在這片平原上，除了整整齊齊羅列著的稻田以外；就只有綠蘿紗帳般的黃蔴林了，那黃蔴林是整齊得齊頭平高的農作物，而在烈日下搖曳生風著。

一枝枝指姆般粗細的黃蔴，映著翠綠的外皮層，林林密密的走進了眼瞳裡。黃蔴株雖只在其枝頭上長有碧綠的稀疏的幾片綠葉而已，但我如置身於其間，還是會發現黃蔴林竟已把豔陽遮成一夏季的陰涼了。

在收割的黃蔴林田上，一株株被砍伐倒地之後，一株株的在竹竿、木棍上，被切割為黃蔴稈和黃蔴皮二部分；而後那青綠色的黃蔴皮，就被束紮成綑而置放在小溝渠裡去浸泡了，乃使故鄉裡洋溢出一股沉穩的腐蔴味道，很難飄散掉的印記。

故鄉呀，故鄉。於今我已跨過了山的帷幕，而走入神往已久的大都城裡；但令人迷惑的是，我遠離了故鄉卻更是思鄉，我走出了純樸的故鄉，卻更是嚮往純樸的故鄉。

（刊1985.03.11商工日報）

裸足的悸動

在那段童年貧困生活裡，有鞋子可穿，對我是一種奢侈。固然，我有時會深切的盼望著有鞋子可穿；但通常的，我都是打赤腳走路的，而打赤腳依然是自由自在的一種享受，對腳丫板來說。

往昔，在鄉村裡大多數的路都是泥巴路的；除了那幾段後來才鋪上柏油的「街上」的路。所謂「街上」，其實，就是鄉村裡最為熱鬧的所在地；每逢節慶或假日就會有市集、有人潮。其實，考據台灣的「街上」，不可否認的，通常都是在廟宇的周圍；那裡因有廟會、祭祀而有人潮，因有人潮而結市。除了「街上」以外，其他的地方，比如原野裡的產業道路，較偏僻的鄉下的大馬路，都還是泥土路或石子路的。當然，田埂、小徑的，一直到現在都還是泥土砌成的小路。

那時，我們睜開眼睛下了床之後，就把木拖鞋丟在床舖底下去了。假如不是因為睡覺要睡在床上，恐怕搞髒棉被與床舖，我想我們會整天整夜光著腳丫子的。下了床之後，我們就用腳底去接觸水泥地、泥土地、柏油路了。水泥地是光滑冰冷的，通常是鋪設在大戶人家的室內；而泥土路多泥濘或者多石子，柏油路則有種刺痛硬實的感覺，而那都是路的形態之一。

打赤腳並不會使我們自卑的；其實，除了過年以外，鄉下小孩子不論晴雨都是赤著一雙腳的。平常日子裡，我們步行個二、三十分鐘的里程去上、下學；而遠足郊遊的時候，那是有十幾、二十公里路程的，我們都是一樣的打赤腳走天下路了。

我們經常邊走邊踢著路上的小卵石，總是把石子路上的石子踢得「得得」直撞過去；我不知道為什麼我們愛用腳去踢石子，或許是小孩子好玩的個性使然吧。

當我們走著、跑著時，一雙手經常是在空中揮舞著的；但除了用來推、捉、拍同伴以外，一雙手並沒有其他玩樂的目標了。而足下，卻有那麼多的石子引誘著我們去踢它，就如踢球一樣的，所以我們就一面走一面踢著石子玩著。有時我們一個不小心的踢到大石子，總惹得腳皮擦傷，甚至傷到腳趾甲的，那時會血流不止，而且往往疼得眼淚直流的。

隨著年歲增長，穿鞋子上學的同學也越來越多了；這時，才忽然驚醒沒有穿鞋是一件不好意思的事。雖然打赤腳走在田埂上或者學校的操場上，腳丫板會有股癢癢的舒服感，而踩在泥巴路上，會有鬆軟的踏實感；但在小孩比闊、比新奇的心理下，確實是越來越盼望有一雙鞋子可以穿的了。

日前到中央大學，望著滿山遍野的碧綠青草地；我不禁脫去了皮鞋、襪子，就那麼樣的忍受著一丁點的刺痛與癢癢的舒服感，而踩進青草皮裡。一下子的，那頑童的情景就浮現在心頭了，我拔足狂奔了好幾圈，還吆喝著、呼喚著。

親近大自然是一種美的享受，不僅是用心靈，用耳目去感知大自然的美妙；其實用裸足，赤著足的裸足去感知大地的悸動，更是一種無上的享受。

（刊1986.04.16中央日報）

撿拾

我真的不知道，為什麼小時候常常看到別人家的小孩子在田裡揀拾零星的稻穗，揀拾被捨棄的蕃薯塊或是未被主人發現的整顆的小蕃薯；而我竟只能眼巴巴的看著他們發現稻穗或蕃薯塊的那種興奮與歡樂的表現，卻不能親自擁有、品嘗這種樂趣。或許是士大夫觀念在作祟吧，那時父親是農會總幹事，也算是地方上有頭有臉的人了，雖然家境清寒，也不屑於撿拾稻穗、蕃薯塊的。更因母親一向怕別人的閒言閒話，她總是這麼的說：「哎，人家會講話的，傳出去不好聽！」因此，我們兄弟都沒有去撿拾過稻穗或蕃薯塊的。

倒是「做黃蔴」的事做過了，有時兄弟一伙的三、四個人，衝進了黃蔴田裡，操勞個一整天，就可以扛回十幾、二十捆白白的黃蔴稈回家當柴燒了，或者做為如廁用的刮屁股的棒子。雖然，後來很快的就改以粗糙的紙擦屁股了；至少黃蔴稈，依舊可用為爐灶升母火之用的。

以揀拾稻穗、蕃薯和做黃蔴來比較，是有分別的，對頭家來說，其最主要的區別在於：前二者撿拾的人是不勞而獲的；而後者做黃蔴的人，則是付出相當勞力才獲得的代價。媽媽同意我們去做黃蔴，大概這是最主要的原因了：不要不勞而獲。

秋陽裡，大地一片的金黃，稻穀成熟了；空氣裡，浮盪著淡淡稻香和農人埋藏在心裡那種收穫的喜悅。農人們彎腰把稻子一叢叢割下，匯聚個五、六叢的，就捧向打穀機去打穀子了；所謂的打穀子，就是用粗糙的木片製成的大滾筒，木片上整齊的釘著「く」字型粗鐵絲，將大滾筒快速轉動，稻穗一靠近就將稻穀和稻稈分離開了。當然外圍會有桶子樣的容器，以匯聚收集被打下來的稻穀。

在一叢叢割稻以及打穀子的過程裡，總會有一些被疏忽了的幾根稻子沒割到，或者沒打乾淨的，而這就是拾穗小孩所爭相追逐的了。小孩子總是尾隨著割稻農人之後，亮著搜索的眼光，快速迅捷的把遺落的穀子一穗穗撿起，抓在手上或放入他們的籃子裡；他們是那麼專注，專注得令人不禁相信，他們的拾穗就是他們唯一的要務了。

時間一分一秒的過去，雖然僅是那麼的一根一根的撿拾；但在時間的累積下，每到中午時分或傍晚時分，他們總會手捧一大束的稻穗回家的。當然，有時主人家技術較好或者較仔細的，小孩子是沒稻穗可撿的；就是經過幾個鐘頭的努力，手上依然只是幾根稻穗而已。那時小孩的眼裡也沒有失望的眼神，對他們來說，撿拾本身就是一種娛樂，一種工作，一種生活。

午飯後，總有一點休息時間。那時拾穗小孩也都奔跑著回家吃飯去了，家離得近的小孩，不一會兒就又會回到田裡來；而他們手裡原有的稻穗已然不見，下午又是一個新的開始在等待著他們。我常想：這是一個「零始」的比賽，早上的成績已成歷史陳跡，而下午，另一場的比賽又將開始，看誰撿的多。而在中午那時，農人都在休息，而小孩子們也就東奔西跑吵吵鬧鬧的，在相互追逐遊戲。

小孩子們永遠是靜不下心來的陀螺，比大人多了一份動的意念。再不然的，有的小孩則是在紮稻草人。

有人在繪聲繪影的說：如果恨哪個人，只要在稻草人背後寫上他的名字，胸前釘上一根或多根的釘子，包準那個人生病，甚至病危的。我們做小孩時，都是沒有心機的，絕不會這麼做的；原因之一是：小孩子沒有恨意，就算是會哭泣的悲傷，也只那麼一下子的就過去了，事過境遷的，哪有什麼恨的呢？

小孩子，有時會傍著田埂建築草寮的，然後玩「辦家家酒」的，扮夫妻的，一個當爸爸，一個當媽媽的。當時，沒有哪個小孩會瞭解夫妻生活也是有苦有淚的；小孩只是認為當爸爸當媽媽很夠權威，很好玩而已，他們只是很單純、很無邪的在玩著「辦家家酒」。

撿拾地瓜比較需要勞力的了，原因是稻穗長在地上，地瓜則在地下，不翻動泥土，有時連個地瓜片都拾不到。

地瓜的收成，首先是把莖部割去，那些莖葉就是牛羊豬的食物，有時則晒乾後收藏到冬天，才給牛羊豬吃。

莖葉除去，主人家就吆喝著，用犁把一壠壠的地瓜田一翻，碩壯的鮮紅的地瓜就裸露在泥沙上了。另一個人則把地瓜田裸露的地瓜，聚攏在竹籮裡。這時撿拾地瓜的小孩，就睜著精明的雙眼，用手用腳去挖翻犁掉的地瓜碎片，有時用踩探的方式去感覺地下全然未被犁到的地瓜。其實那是簡單的一件事，就是在鬆軟的泥地上踩著，如果地下有地瓜，感覺上會是有硬硬的感覺，再動個手挖，就可以挖到一個大大的地瓜。有時被遺落的地瓜，是半埋在土裡的，上面則掩著犁過的鬆軟泥土，這就要靠仔細的搜索了。

小孩總是歡悅的，他們就在嬉遊中把時間度過了，也把籃子裝滿了已被削成一截截的地瓜。當然，撿拾地瓜時，有時要防著招惹水牛的，否則惹怒了水牛，而被水牛用腳一踢，用頭一頂，有時是會受傷的。雖然小孩都喜歡騎牛，但對牛依然怕牠三分的。

秋收時節是撿拾歲月，田裡洋溢著喜悅與嬉鬧；如今年輕人都相繼奔向城市去了，當秋收來臨，田裡是否還會有嘩笑的孩童聲呢？

（刊1986.10.04中央日報）

撿露螺

日前經過圓環時，看到一半蛋黃色一半褐黑色的螺肉，成尖山狀的堆置在平盤子上；上面則用鮮紅的辣椒作為裝飾，很是搶眼。所謂的螺肉，其實並不是名貴的「海螺肉」，那只是極為普遍多見的蝸牛肉而已，或者用台語音譯為「露螺肉」的。

二次大戰期中，本省的民生物質狀態極度貧乏，日軍就積極引進了兩種外來的品種：其一為蓖麻，據稱可提煉為石油的替代品，或者說他們想嘗試研究以之為石油的替代品；另一則為露螺，以其繁殖力特強和其爬行部分的蛋白質含量頗豐厚，可為補充豬、牛肉的不足。因此在鄉村偏僻地方，比如墳場附近的，蓖麻叢生的，每遇雨後，露螺就到處爬行了。

露螺真是大食客，舉凡任何作物，比如：稻禾、豌豆、蘿蔔、大頭菜、小白菜等，都是牠的美食之一。所以在有一天醒來，突然發現有幾畦菜不見了時，也不足為奇的，因為已被露螺吃掉了，所以我們對露螺都沒有好感。

在春夏之時，露螺自冬眠中甦醒過來，就四處的蠶食，快速的生長、交配、生產了；一下子的，露螺就成百上千的四處肆虐去了。

露螺最怕陽光了，每每躲在草叢、石頭隙縫中休息，在黃昏時才爬出來覓食；尤其是在雨後的黃昏，露螺更是興奮了，牠們傾巢而出動的，四處的流竄肆虐著，這時就是我們撿拾露螺的時候了。

我家因為庭院大，處處種有各種蔬菜、果樹的，還有自行生長的野草叢；此外，還有柴房、豬寮等的，所以也是露螺生長的好環境。每遇雨後，我就提著畚箕，庭前院後的一轉，不消半個鐘頭的工夫，就可撿拾到一畚箕的露螺，將其交給媽媽。

媽媽就用舊菜刀在木砧上，把露螺一拍的，剔去其外殼、再剁碎螺肉，就地一揚一灑的，鴨群就吃得呱呱叫著了，興奮的很。鴨子吃飽了，一隻隻搖著肥胖身子緩緩的走回水裡，去悠游戲水，就像剛才爭先恐後的搶食，不是牠們所為的一般。

露螺，每每裝著紳士般的風度，緩緩的爬行著；其實只要用一根小棍子往牠的殼一敲的，就敲碎牠的殼了，而牠也就沒命了，再也紳士不起來了。

當然，如果牠的殼只是破裂了一點兒的，牠還是有再生的能力；牠可以自行分泌黏液，將那裂縫修補好的。

由於牠的行動真是緩慢至極的，所以其命運也是多舛的；哪個人只要手到就可將牠擒來的，往畚箕裡一丟的，牠就乖乖的躺著了。牠也不會像同為外來品種的吳郭魚一樣，吳郭魚如果長到三、四指寬的大小，即使用畚箕撈到了，牠也會「噗叱」的一聲，彈跳出畚箕，或者游速千里東奔西竄的令人難以尋覓，而不見了牠的蹤影。

有一次，哥哥說：「露螺肉可以吃的。」當下他就把露螺的足部剁下來；那足部是露螺的精肉部分，富含蛋白質的地方。

他用灶灰一再的去洗了再洗，把那足部的黏膩儘量洗掉；那種黏膩，真是令人一想到就嘔心的。

洗到後來，露螺沒有了黏膩，又再用滾水去燙熟，然後才和九層塔一起去下鍋熱炒，其味道還很輕脆又有嚼勁的；但在貧窮的童年歲月裡，我還是不愛吃，主要的原因是吃不習慣。雖然不是因為當時就知道露螺的體內是含著千百萬的寄生蟲，如果處理不當的話，還有致人於生病之虞的。

其實，那時哥哥的處理法子，也頗合今天飲食專家所建議的：露螺肉要先洗乾淨、要加熱去燙熟，才能把那些寄生蟲殺死的；在料理時，又要加上辣椒和九重塔，再下鍋去熱炒。如此的處理之後，露螺肉是可以食用的；但我並沒有再去吃過，所謂的炒「露螺肉」了。

（刊1987.01.28中央日報）

山與水

雲

囊著一袋風沙，攏著一袋戀情；以吉普賽人的腳步，且跋涉於田園、高山、河海。走著無盡的尋覓，尋找不存在的永恆。

人是快速幻滅的動物，存在並不被肯定的。那些刀槍、弓箭，那些書籍、古籍，再偉大的武功都將煙滅的，也會腐朽、枯銹，被遺棄的。

且跋涉於炊煙之上，且蹀躞於霓虹燈之下。或是輕輕依偎在藍天裡打個盹的，或是急馳追趕早落的太陽；有時且吹奏著短笛，有時且輕輕的掉落在夢裡。太整齊的書籍排列，並非樂趣，又何必一板一眼的看世界；太精密的時間分析也非智慧，又何必庸人自擾，扣緊時間，安排諸多的偉大計劃。

這些大門牙，他們是噬血動物，凶狠殘酷；這些高鼻尖的，他們自以為學問高深，官大財氣粗的，他們盛氣凌人。這些檳榔痰，他們是社會底層只圖溫飽的人；而這些菸蒂的或者這些酒杯的，他們是賣弄風騷，奸詐狡滑的一群。喔，人生呀，為何人生是如此的醜惡呢？

輕撥著五弦琴，走過橋梁，偶而橋會凝視著你；走過湖泊，偶而你會見到湖泊的美眸相迎。可是呀，我保有的跫音依舊是無盡的漫步，我保有的回憶依舊是長長距離的奔波與無盡的追尋。

弓一弓腰身吧，緊繫一下行囊袋吧，再見了！這裡的山，這裡的海。而我將依舊流浪而去，流浪向未知的未來與地方。

（刊1968.02.15成大工管系報／1968.08.03台灣日報）

溪水

溪水潺潺而往下流去；我看到她是自山巔上，在那岩岸壁立間，那兩旁挺立著蒼翠松林的峽谷裡，以一種傲視溪岸的雄偉姿態，睥睨群倫萬物而往下飛奔而去，她們穿過了磐石，相互激盪著、拍擊著。

拍擊著，拍擊著，就激起了點點的水花，那水花是雪白浪花的飛濺與旋舞所激發出來的；而後以一種少女婀娜多姿的搖曳著舞衣的，蹬著舞鞋的穿過了竹林和稻田。

頑皮的孩童們，裸浴在溪中。他們是洋溢著歡笑與童稚的一群，互相的以水濺著，水泌著他們的心與他們的歲月，而後讓那牧羊人的歌洋溢四野。

遠處的煙裊裊，樹微微的搖擺著。原野很靜寂，而溪水靜如處子的。吸一縷春的氣息存放胸懷裡。喔，讓原野進入吧，進入我的胸懷。而溪水再沒有逗留，也不再佇立了，溪水仍流向前，流向未知的未來。

溪水，她經過了橋梁，經過了小船的槳與槳之間，那船是僅容二人面坐的小船。溪水沒有張望，就緩緩的走過去了，而讓那喁喁私語的情話貼著水波擴散再擴散開去。人生有多少時光，是相親相愛共同搖槳盪清波？莫驚擾了他們的愛情夢，溪水暗自叮嚀的走了。

溪水又向前走著捲著幾片飄零的竹葉片，也捲走了絲絲被付託的情意；而後以一份落寞的情懷，走入池塘林立的村莊去了。在那裡的人們，戴著斗笠的在炎熱的太陽下把皮膚晒黑了；但是他們仍然甜甜的微笑著，親切的招呼著過往的陌生人。這是純樸人所住的純樸村落啊，這裡沒有佇立的巨石，也沒有滾滾的風沙，這裡有的只是一份平靜與安詳。

溪水仍不為平靜與安詳而駐足下來，因為她知道她的生存就是永遠向前走去，不停的向前走，那是宿命。她也知道一個目的地的到達，就是另一個目的地的開始。她走著走著的，終於走到了海岸邊，走入了海裡，而後又開始了另一個無窮無盡的前進。前進是宿命，也是存在的表徵。

（刊1981.06.10自立晚報）

小草

小草，一棵小小的草，人能隨時隨地發現它的蹤跡：在天寒地凍的高山上，在鹽風徐徐吹來的海岸邊，在高樓林立不見陽光的牆角下，在遍野花木的鄉村裡，都有它的蹤跡。

如果看過碧綠的小草，從剛鋪過柏油的路上突的冒了出來，人就會發現小草堅韌的生命力是多麼的強悍。如果看過小草生長在貧瘠的山崖上和苔蘚相聚相偎依，人就會發現小草剛勁的生命力是何許的充沛。如果看過小草生長在孤寂的屋角上，就會發現小草生命力的偉傲，是無所不在的奇蹟。

碧綠的小草，永恆的生長繁衍，給了人們一份生意盎然的氣勢；而小草永遠安適的生長在它的環境裡，將給了你一份恬然滿足的氣息。

若果你心裡有所不滿，若果你心裡有所不安，有所忿有所憂；那就去踏青吧，以原野的碧綠、祥和、溫馨，洗滌你的不滿、不安、忿、憂。去接近小草吧，去看看小草是如何的使生命裡有堅韌性，有剛勁氣，有偉傲與自尊，它是如何的生意盎然的，是如何的生長妥適的；那麼那些不滿與不安，又何足掛齒。

如果你認為個人本是社會巨流中的一滴小水滴，那又何必汲汲營營於世俗的財富、權勢的追求，何不學學小草生長的道理，從適應環境中創造生命的奇蹟。

（刊1982.09.10大華晚報）

紫貝殼

當海浪與礁石相約漫步在淒切的沙灘上時，竟把沙灘踩碎了無盡的跫音的飄盪，還有皎潔明月下吟誦的疏影一葉葉的，還有遺落一粒相思情意的紫貝殼。

原在青空萬里的天候裡涉足的，在海天碧藍一色中馳騁的，乃灑落了一路上的童稚愛語，一路上的愉悅記憶綿長如長廊；料不到月有圓有缺的，倏然的浪濤洶湧著追擊不羈的崖岸，竟把偉傲的灣岬崩落了處處，祇有一粒相思的紫貝殼殘留著，乃驚悟美夢恆常易逝。

那紫貝殼僅祇是普普通通的一粒，一如眾多平凡的貝殼；不同的祇是存有一漣漪宿命似的紫意，注定千古憂悒蒼茫。

在紫貝殼一紋紋的漣漪裡，埋藏著幾多可讚嘆的音符與相依偎的記憶，可是在訴說亙古亙常的愛情嗎？抑或傾訴著牛郎織女，隔銀河日夜相思的哀怨與淒惻。

果若今日如昔，仍是歡欣愉悅的倩影相依，哪會有淒冷雨絲紛飄眼前？哪會異地無限相思在向晚的彩霞餘暉裡。

一粒不起眼的紫貝殼，總讓人緬懷遐思、永難釋懷的，祇因紫貝殼蘊育著無數的美學與夢幻。

一波海濤激射向岩岸，濺起處處雪白的浪花，而即斂息止復，祇殘餘紫貝殼在掌裡徒供相思、懷念。

（刊1985.05.21商工日報）

足跡

踩過崇山峻嶺，乃把一個個足跡遺落在崇山峻嶺中；踩過小橋流水，乃把一個個足跡飄落在小橋流水中；側耳聆聽著蛙鳴蟬唱，乃把一個個跫音敲落在蛙鳴蟬唱中。而足跡是過程，是驛站，永遠向著未來，摸索著前進。

曾有幼年的稚氣與天真，曾有童年的夢幻與唯美，也曾有青少年的煩惱與憂悒；但這些都是人生旅程中的過程與足跡，是通向更穩定成長歲月的隘道。果若幼年的天真值得回憶，果若童年的唯美確值憧憬，而青少年的憂悒也有藍藍的風采；那皆因於時間洗滌之後，苦難也化做歡笑無數。其實，若讓時光去倒流，我們是否可以滿足於回憶裡的歡笑，確實是大有疑問的，何況若果時光已無法倒流，又何能檢驗假設的問題，其結果又如何？

固然，踩過的足跡有其美麗的回憶；但更重要的是，要慎重珍惜現在的足印，要策勵自己即將踏出的將來，以期能活得更實在、更有意義。

（刊1985.05.21商工日報）

海與岸

如果看海，是一種追尋，一種探索，一種飄盪著流浪的情懷。那將是一種對固定的樹立，而又平凡的生活方式的激烈反抗。

潮音的漲落，海天總是一片空茫。這景象，本身已是淒淒悲情；數著歲歲年年佇立在海邊，徒然點燃起藍藍的憂鬱。誰說的：海是一種豪情。我看海唯有浪跡天涯的孤寂意。

海是一種存在的動感，在無根無錨的漂泊上。雖然，岸總是癡癡的在遙遠的他方癡癡相待，癡癡相待著海的休憩與駐足；但天長地久的，海依舊踟躕著起繭的足踝，踩下一個又一個孤獨的足跡，在沙灘與岩石上奔向未知。

「永恆」對海來說，只是一個不言不語的逗點而已；一如瞬間撒落在椰樹下的夜光，不一忽兒的已是不同的夜色出現。

山嵐悠悠，溪水潺潺，飛鳥盤旋，在在只是徒增孤寂的呼喚；尋聲探頭過去，只來一滿掌的落寞孤寂。沙灘不落淚的，海不嗚咽的；只有一個又一個遙遠的古老故事，依舊在波濤裡傳唱下去。

青燈相伴著，憑欄凝立的，在紅塵裡依舊是揮不去的，滌不盡的熙熙攘攘，再不然就是隨即黯淡的淡淡孤寂。不渝的愛，終究只是一片斜暉，依舊盈握不住海的浪跡。

幻化成一個夢境吧，這海與岸的戀情終究是不相屬的兩顆星星。

（刊1985.08.06商工日報）

看海的日子

海洋不光只是一種震顫與波動的，而且也是一種吸引力；永遠吸引著人們的足跡與想念的胸懷。我曾有長長的假期，三度沉醉在海洋的洗禮中，那是一種豐富饗宴，忘憂忘愁的。

在冬天裡，其實在這個島上，就是入冬時節裡依舊楓不紅綠不枯的，再怎麼的也「冬天」不起來的。在這裡，只是在說時節裡的「冬季」到了，卻不見冬天裡該有的冰冷與寒凍。

在冬天的花蓮港畔上，海水激烈的打出大濤大浪的，翻捲成萬千浪花飛濺而起，而濕冷的海風迎面撲了過來，總帶著點點小水滴的飄灑在四處。我沐身岸邊，猶如置身濛濛的雨中，舔舔唇角的小水珠，我把一份苦澀泌入了口裡。

把夾克的衣領翻起後，就裹住了我的一片清瘦。我漫步在卵石累累的石灘上，撿拾起一片藍藍的天和藍藍的海。

沙灘上有人專注的佝僂的等著一次次的退潮時刻，而熱切的俯拾腳下林立著的，那被海水送上岸來的墨黑卵石或者濃綠的卵石。他們把歲月刻劃在臉上，把風雨貼入了雙掌，為著生活，他們已把數十年的歲月拋擲入海灘的石堆中。他們無覺於我這個過客，更無覺於藍天、白雲以及風寒料峭的信息。

在茫茫人海中，把不穩自我的舵，我乃對著海盡情的吼，盡情的叫，盡情的哭；累了，躺在沙灘上細數眼前飛逝而過的朵朵浮雲，以及一隻隻寄生蟹的愚蠢中。

當腳步聲接近，一隻隻爬行的寄生蟹即刻縮進螺殼或貝殼之中，而認為已是安全絕頂，或許這是一種本能。其實這僅是一種鴕鳥作風，卻是不失為遺忘昨日大風大浪的一劑良藥。在桃園海邊，有人全身籠罩在黑褐雨中，持網網住一尾尾細細瘦瘦的虱目魚苗，他們無覺於海的藍，天的藍，他們只是活動於拋網收網的無盡的勞動之中。

海水吻著大地，暖融融的陽光飛灑而下，映出一片粼粼波光，美麗乍現的貝殼在腳下閃著晶亮光芒，我彎腰拾起又把貝殼遺入海中，美好的形象不是具體；而那些漁人依然單調的起網落網，網著生活的艱辛與寂寞。

我打海口新港白白沙路上走過，平坦的沙灘上針起疏落的一支支的蚵枝，在海水緩緩滋養中，一簇簇的蠔在蚵枝上想著大海，養蚵人家赤著足把半個身子泌入海中收取蚵枝。

海水衝上我腳底，有股涼意泌入心田，岸上老婦人用力剝開蠔殼，艱辛的挑出蠔。她枯瘦的手掌，永遠為生活忙碌著。站在岸邊，望著一平如鏡靜謐的海，我突然醒悟，海也有平靜的一面，然而老婦人只是機械的剝殼取蠔，剝殼取蠔。

獨自看海的日子是一種閒散舒適，足可洗盡滿身鉛華、疲憊與瑣碎；而且是一種豐盛，一種完全自我觀照的醒悟，我不但把自己融入海邊的大自然裡，也融入岸邊勤勞的人為生活辛勞工作的形象。

（刊1986.01.06台灣日報）

撿黑石頭的人

在雪白的浪花裡，在轟隆轟隆的聲響中，那拍岸而湧過來的擠在石灘畔上的，在純白波浪激射的石灘旁邊，在浪花席捲部分的石子，緊接著又回落到海的最深沉處的地方；那是撿石頭人的田地了，他們在那裡耕耘著田地，收獲著「石頭」。

「石頭」，有土地就有石頭的；而土地或者說土壤，其實也是石頭分裂、風化、粉碎而形成的小沙子或小砂子的集合體。

那些撿著黑石頭的人，他們是一個樣子的戴著斗笠，穿著布鞋的；如果不是那些女人還會額外的加上一條花巾蒙著臉，實在無法讓人輕易分辨出眼前的人究是男究是女。那些男人是一臉的黧黑，滿面的風霜，歲月的風霜；那些女人的臉上，外加一條花巾蒙著，她們只露出兩道為生活而疲憊的無奈眼神。

他們人手一個籃子，彎著腰身、俯著軀幹，不停歇的在撿拾著石頭。而那些石頭是同一色彩的淡墨黑色。

雖然我是一直稱呼著那是撿石頭的，其實我更想用「撿石子」幾個字來表達；因為在我的觀念裡，似乎「石頭」是大一點的，笨重一點的，甚至要幾個人合抬才抬得動的。而「石子」則是一般稱呼那些小一點的，小至一掌即可握住一個的石頭，或一掌可置放許多個的石頭，而那些「石頭」就是「石子」了。

日夜激盪著雪白的波浪，究竟捲來了多少石子，那是無法計數的了；但是，只要從浪濤回捲到海中時，竟可把石子捲得「嘩啦嘩啦」的作響著，即可意會到那是無止境的眾多個。

確然的，花蓮港附近的海灘地面上，有些是掌狀般大小的石頭所鋪砌而成的，有些是較小的石子和泥沙匯聚而鋪砌成的，而有些則全然由小石子來鋪陳了；而這就是花蓮港的特色之一，取用當地之石材鋪就當地的石子路。

在花蓮港的砂石灘上，這就是撿石頭人的田地了；他們不論是晴是雨，也不管風大或浪高的，他們總是在此砂石灘上辛勤的耕種著，而也收獲著海洋的賜予，也收獲著「討食人」的風霜雨露的艱辛。

波濤一忽兒沖上了灘頭，波濤一忽兒又捲入海中去了，一波平一波又起的，永無止境的循環著；而撿石頭的人，也日復一日的以同樣的彎腰與躬身的動作，同樣的撿拾著勞動，然後，以同樣的一公斤是一元五角的廉價，去出售著他們的辛酸成果。或許石頭價格會有上、有下的波動著；但是，那些石子確實是以同樣的廉價在出售著，而他們也在永遠濕漉漉的砂石灘上，他們就把歲月耗盡了！

在花蓮港附近的砂灘上，積滿各色各樣、大小不一的石頭；那些石頭，有晶瑩剔透的、有雪白的、有琥珀色的、有藍如海澄藍色的、有夾雜著各色花紋的花斑色的；但是他們僅只拾取那些純黑的石頭。

他們說：這種黑色石頭，就叫「黑石頭」，可以外銷到國外去，專供做為磁磚代替品之用，亦可鋪砌為廚房、浴室的地面，具有美觀、防水、別緻又自然。

我漫步在砂灘上，聽著轟隆轟隆的漲潮聲，也聽到嘩啦嘩啦的退潮聲，而在一般的隨浪花飛濺而來的小小水滴上，在一股海鹽味道撲鼻而來的風雨中，恣意飲著海的豪情。

我興奮的欣賞著，那太陽僅只是露出幾絲光彩，在陰天裡的海洋以及在這陰天裡，海面迷漫著迷濛。近山的林木已遠入朦朧之中了；只有在山頭處，隨意可見環圍著的水氣。

這海，正以雪白的浪花，黃藍色、淺藍色以及深藍色的層次逐步的遠去，遠至與天海相接著；而這些景象都無關於撿石頭的人。

撿石頭的人，只在浪頭捲到的時候，才匆匆的走避開去；其餘的時間都在俯身、起身辛勤的勞動著。當太陽笑出了臉，雲塊忽然飄失時，天空即呈現靛藍色了。海面也撒落出刺眼的鱗光，令人目眩著；兩旁的海面更藍成靛藍色了，遠遠的望過去，海天幾成一色的，分不清哪是海哪是天了。

我踩在令人無限心愛的砂石灘上，一步一步的踩著大小不等的石子，石子也一聲聲「沙沙」的吶喊著、作響著。在砂石灘上，在海的滋潤裡，我也學著彎下腰身來，從石頭堆裡剔出一個個心愛的石子，我沒有專挑黑色石頭，而是找尋一些亮著引人注目的石子，我是準備攜回家珍藏的，就做為今日拜訪的珍藏。

但當石子離開了海的滋潤的那一剎那間，我們可輕易發現的是陽光把海的滋液一剎那間都蒸發掉了，石子已然消失其原有的滋潤——在海水裡的光澤了。

而這竟讓我感受到石子頓然判若兩樣了，失去了海的石子就失去了光澤。於是，我把石子急急的還諸於大海中；我突然醒悟到，砂石灘上的石頭原來是與海共生息的，對於這樣的宿命，我又怎能忍心的讓石頭離開大海的滋潤呢？

踩在濕漉漉的砂石灘上，我這一個遠道來訪的台北客，竟然會沉醉於海的變幻中，且將不久就要回歸塵市裡，雖然我現在仍踩在溼漉漉的砂石灘上。而那些撿拾著石頭的人，他們也是踩在溼漉漉的石灘上的；他們卻正忙碌著在為生計而奔波著，在他們的臉上刻劃著許許多多歲月的風霜，而且他們仍將在這波濤聲裡日復一日的撿拾著石頭，撿拾著他們平凡的日子。

（刊1988.08.27台灣日報）

鳥與樹

椰子樹

南國的風徐徐吹拂了過來，南國的雲淡淡的飄飛而去。

一株椰子樹樹立成一片的風景。一株椰子樹屹立在海岬岸上，以無垠的遠端瞻望，睥睨崇山峻嶺，俯瞰大洋海溝。其羽葉，乃化成朵朵的清新張力，舞踊出生命的喜悅與企盼。

樹有渾身的帥勁，以瀟灑不落塵俗之姿寫入長遠之歷史，寫入廣漠的天地裡；而其綠衫正鷹揚，就有一份凜然而豪壯之感。

在浪濤恆久衝激的岩岸上，與枯草同看鴿飛的閒逸野趣，同觀翺翔不羈的動姿；南國的椰子樹是狂狷之徒，是漂泊的歌者，永不知悲愴為何物，淒痛是何物。

在向海的灣岬上，肯定了天地的成就，乃飛成整整一藍天的生命浪花，織就一場野地的愛意，而且默默的探詢著回歸的帆與歸人安否？

（刊1982.12.26大華晚報）

白鷺鷥

一點點的雪白，牠是極其悠閒的在一片碧綠中紳士似的去覓食著。而那雪白是白鷺鷥的形象，而那碧綠是秧苗的碧綠，而那碧綠是菜圃園裡的碧綠，也或者是青草地上青草的碧綠，而更是群山眾嶺的碧綠。

天是碧藍的，地是碧綠的，而花則是嫣紅的，而夕陽則散發著特異的光彩；而這些都無關於白鷺鷥的雪白。白鷺鷥依舊堅持專屬於自己的那一點點的潔白，也在堅持著那一點點的潔白中，煥發出一份的清新、自信、孤獨與悠閒。

容或偶有三、五點的雪白，那是牠們散置在一片的碧綠中，而白鷺鷥仍是傲岸的個自分據著一方，不成群、不結黨的；牠們只是在個自的一仰頭、一俯首中，去睥睨天地人間，並且將傲骨與孤獨，飄落在原野大地。

山泉總是在山腳下喧鬧著，而麻雀則在枝頭上吱吱喳喳的叫，大鵬鳥正振翼萬里青空而去，小河小溪正漂流向他方，而海波則汩汩的，湖心也粼粼的；而白鷺鷥仍只是在一投足、一啄食之中，撒落無盡的孤寂、自適與安詳。

在牠高䠷的身軀裡，在牠修長的頸項中，在牠昂首睥睨天地中，乃見白鷺鷥仍是一種超俗絕塵，散發著卓然不群之風采。

（刊1983.07.04大華晚報）

木棉樹

固然苦苓樹花是一樹的紫色，固然鳳凰木花是一頭的鮮紅色；但花木給我的印象，最是深刻的還是木棉樹了。

在一長季的酷寒之後，木棉花確是憋足了一肚子的昂然生氣，乃在春神初臨之時，即以急不可待之姿用一種近乎誇張的橘紅色，去展露它碩大的花朵，向著穹蒼炫耀著。

木棉花，毋須綠葉的襯托，也毋須嫩葉的陪襯；當春天的腳步響了起來，響自春雷降臨之時，苦苓樹還是在遲疑著春天是否真的到了，鳳凰木也還在猶豫著是否要綻放花朵時，木棉花早已把春意春風撒落在人間。

木棉花，自乾癟的枝幹上迸裂開出，自一枝枝曲張著的向著穹蒼的枝幹上，迸裂出那麼一朵朵橘紅色的木棉花，則是一種叫人驚心動魄的豔麗了。

小時，當我還在七、八歲時，有次到鄉下去，途經木麻黃道上，就見數十公尺以外的田莊裡，正植有幾株的木棉花樹。當時正是木棉花舞著橘紅色花朵依在莊園的平房旁邊，它那種近乎誇張的橘紅色，在四野碧綠之中就顯得十分的惹眼了。問了哥哥以後，才知道那原來是木棉花。

其後，我就常常跑到木麻黃道上去，為的只是多看一眼，那遠遠挺立在莊園裡的木棉花了。

當木棉花兒一個個的消失時，有一天我穿過了小徑走到了木棉花樹下；但見木棉花已結成一個個青澀的果實。過不久，那青澀的果實乾枯之後，竟裂出了雪白的木棉絮來，遠遠的望過去，有如片片的白雲鑲嵌在藍天裡，令人遐思。

又不久的，在木棉花絮通通掉落以後，其樹葉才逐漸的濃密了起來；原本一樹的橘紅色花海，忽然的就變成了一樹的碧綠了，那是有似洗盡鉛華，返璞歸真般的清新了。

不久前，辦公室搬到了羅斯福路旁，我一眼就認出了木棉花樹來。在它那乾癟而長滿痂子般的枝幹上，我是那麼的熟悉呀！記得小時，我曾用過木棉花樹幹上的痂子，去雕刻一個圖章的；雖然雕刻得那麼的歪歪斜斜，稚氣十足的，但是我仍然很是賣力的沉醉在其中工作著，而那是一段多麼快樂的童年呀！

（刊1985.05.02商工日報）

枯樹

長久以來，那枯樹佇立在田園上，枯幹上已爬滿了牽牛花及不知名的藤類，唯有剩下的一些枝枝椏椏的依然孤拔英挺著，著意的昂然的指向天空。

我常獨坐在岸邊，看夕照投射在江河裡，欣賞著夕照下那枯樹長長的隻影形象，欣賞著那從任何角度看來皆自成一幅蒼老景象的枯樹；雖然我喜歡品味這種景象，是不免有點不健康的孤寂、悽涼與淒美。

當春花秋月飄逝以後，我期待的熱情終於殞落，沉寂了；而星光漸漸冷黯之後，千山萬徑絕滅了無痕跡時，枯樹乃立成一株的枯樹，守著僅有的一片田園。而從此山無言，水也不語的，雖是萬般無奈的凝望著，也終究盼不回一份天地的祝福。

如夢如詩，如歌如畫的生涯裡，它已在天長地久的斷層裡悄然斷落了；就是再度去仰望那彷彿緊貼的天空時，依然只是幾度幻滅。在沉寂了的深夜裡，七彩泡沫會再那麼的美麗，那麼的令人喜悅嗎？

獨坐在岸邊，看著夕照下枯樹長長的形單影隻，並且把自己幻化成一株枯樹。當月黯星稀了，一切都沉寂之時，我是否也是那一株孤立在田園上的枯樹呢？

（刊1985.07.19商工日報）

楊柳樹

認識楊柳樹是小學時在校園裡的魚池邊；那魚池不大，方圓也僅有十來坪左右而已。魚池邊是築著隆起的、黃黃的黏土土壩。每遇下雨，土壩上就會泥濘滿地滑溜溜的了，一不小心的，就會從土壩上滑了下來；但不減我們在土壩上及池邊去嬉戲的興致。

事實上，我小學時是打赤腳不穿鞋的走遍了天下；雖偶而玩得滿腳泥巴的，只要在水裡沖它一下也就乾淨了。所以泥巴對我來說，並不是討厭的苦事；何況光著腳丫踩在軟綿綿的泥巴裡，也自有一番風味的。

魚池邊種了幾棵楊柳樹，不管春夏秋冬總是垂著首；而那細細的柳枝，猶似少女的秀髮，搖曳著楚楚動人的韻致，任風吹著、任雨淋著，然後就在水上舞了起來。

楊柳樹的美，固然是在於有風吹動，有雨飄落的那份飄逸與靈氣中；更是那麼細細柔柔的，那麼婀娜多姿的，那麼婆娑起舞的逸緻所使然的了，就是在無風無雨的日子裡，楊柳樹的低首沉思也是令人心動的。

後來，曹根美術老師告訴我們，可用柳條來作畫的。其實，在我那麼小小年紀的小學二年級生，連蠟筆都拿不好的，就要嘗試用柳條去表現黑白深淺之美，或許是對我們的要求太高了；但這也說明了，曹根美術老師對我們那批，僅只八、九歲的小學生是有所期待的。

記得當時，曹根美術老師他從每個班裡挑選了三、五位的小朋友，我是其中之一；而後帶領我們去四處作畫，有時在廟裡，有時在田園裡，有時在溪畔。

我忘不了曹老師那頭長髮及頸的背影；雖然已經事隔卅年了；也忘不了在他那清癯的臉上，刻鏤著明確的輪廓，以及炯炯有神的雙眸，那是深深的帶著智慧與藝術的氣息。

他偶而飄下的那一頭長髮，總是遮去了他的前額頭，以及他大半邊的臉，但卻是那麼的靈俊瀟灑；可惜不及二載的，曹老師就離開學校了，他轉到別的學校去教書了，自此我也沒有興緻到郊外去寫生了。

而當時小小的我，並沒有因為失去了一位有才氣的老師的教導而傷感過；事實上，我並沒有認為那是一個大損失。在那個時代裡我們罣心的是粗糙的口腹之慾的滿足，對美術的精神功能面完全漠視；何況，不久我們都為升學而補習去了，所以就更沒有心思去作畫了，於今想來那可真是人生的一件大憾事了。

我把姆指頭粗細的柳枝從柳樹上切了下來，而後再切分成七、八寸長短的裝進鐵罐裡去，再和上砂土，然後蓋住了罐口，就往大灶裡丟進去了。等媽媽作好飯，鐵罐已燒得遍體鱗傷的，倒出柳條來一看，是半黑不黑的，可見還沒有全然碳化，如果往畫紙上一畫的，就會把圖畫紙都刮破了。就因為那是柳條不完全碳化所使然，所以我只得將那些柳條再度裝入鐵罐中，伺機再燒。

柳樹雖然茂密，但樹蔭卻異常稀落，其樹影總是淡淡的、無力的；或許就因為柳枝、柳葉都是細細瘦瘦的往下深垂，而其色黃綠，不像榕樹有那麼的墨綠色，也沒有芒果樹葉的碩厚，所以，柳樹看起來，就越發的柔弱狀了。在仲夏之後以迄中秋時分，魚池裡蛙鳴處處的，我流連在柳樹下，固也平添一份惱人憂思。

涓淙的水流，如有琴韻揚起；勇往直前一無反顧的瀑布就是千軍萬馬奔躍了，英姿煥發的。大海有騰躍著的波濤，而那小湖，那伴著楊柳樹的小湖，就只有微弱的粼粼水波而已，一如楊柳樹微弱的飄動。

每看到楊柳樹的纖柔，我就想起作畫的柳樹條來，同時眼前也浮起曹根老師那明確的輪廓和高挺的鼻尖，以及躲在他半披著的頭髮後面那炯炯有神的眼眸了。卅年了，回想起曹老師帶領我們去寫生的日子，恍如隔世般的縹緲，令人不禁感嘆往事如煙。

（刊1986.01.06大眾報）

老松樹

老松樹以優美的枝椏網住了一朵朵白雲，就在湛藍的天空裡沉思默想了起來。我愛佇立在長廊下，遠遠的去欣賞那老松樹的無爭、寫意和怡然自得的神態，看老松樹的針葉把冬陽忽隱忽現的攫住了，把晶瑩剔透的藍天剪裁得閃閃爍爍的、花樣多變化的；如果是在雨後，老松樹更會把一顆顆銀亮的雨珠子，點點的綴飾在針葉上，宛同少女胸前閃耀著的亮晶晶的珠鍊。

老松樹的形象總令人佇足注目著；在南橫公路上，我看見一株老松樹已然網住了一片的風景；而在蘇花公路上，一株老松樹網住了一片海嘯與風吼了。當我不經意的一瞥，入目的老松樹常令我久久不能離去，而就那麼樣的佇立在當兒，仰望它的高壯挺拔、歷盡滄桑，猶自硬朗的形象。而那形象，就是堅苦卓絕、屹立不搖的表徵；而那形象就是一種教育，足以撫平個人生活上的辛酸、不適、苦楚、哀傷。當然，有時候因為老松樹的歷盡滄桑，而頓覺天地之悠悠人生之苦短，也感悟到自然造化的神妙、長遠，而萌生敬天畏地、謙沖的心懷。

紅瓦屋頂已綠來了大半截的青青苔蘚了，老松樹猶自不知歲月之消逝，依舊在沉吟默思著，在絢麗的晚霞中把日子一次次的咀嚼著而回味著。當暖陽驅不走寒意，幾天的陰霾就把周遭染成濃得化不開的死寂了；而老松樹依然怡然自得的臥看浮雲片片，白雲蒼狗的，它那一份悠然之情，能不令人心羨？

若說鷹揚是速度之美，那麼老松樹就是定力的表徵了。在大地裡，用心耕耘著同一塊地方的泥土，那麼樣的執著；而鷹則以流浪飛翔，四海為家的追求著漂泊與流浪，以翔姿凝視著溪澗山林，也造訪名山大澤，奇妍花卉以及淒濛的遠山大嶺。

浮遊的迷霧一如輕舟之帆，無盡的鼓風前進而不停歇，即或短暫休憩一些時候，也為的是增加它再次起步的力量；而老松樹則是穩重的、堅持與忍受的形象，生在那裡就挺立在那裡，執意追求著定位之美，恆久以靜姿觀照動感的外在世界，而看盡人間大地裡的百態、滄桑的歲月以及古老的故事。

佇足細細的品味著老松樹的容顏，我乃把世俗的墮落、哭泣、憂傷揚棄，而把幻滅的塵埃洗滌，並且檢視謙沖胸懷，期待著訪晤更美好黎明的到來。

（刊1986.07.30中央日報）

山水旅遊

五峰瀑布

走在黃褐色多角型岩石所整齊排列成的岩石路上，岩與岩間的隙縫是一分見寬的水泥所鋪設而成的；那情況恰似絲帶的展布，無窮的迴繞著、變化著，於是你聽見了水聲淙淙的湧了過來。

才沒走幾步路的，你就走盡了寬闊的黃褐色的多角型岩石路了。在這盡頭裡，你只見小橋似是庭園裡的構築，是那麼小巧玲瓏、古色古香的；而後你看到了，另有其他一階階的水泥階梯又展現在眼前了。那時你就又看到了小橋與流水；只是呀，那小橋與流水是水中沒有流沙的，清澈的很。這裡的水，惟是一流的水清見底的清澈。

一縷嬌小的飛瀑轉個彎而奔下了，一縷緻巧水流激著雪白的小水滴四處飛濺著，而你已初見了五峰瀑布；至少已是沐浴在五峰瀑布的氛圍中了。

有一、兩位亮著大眼睛、木立著的小販，懶散的打了個哈欠，許是淙淙的水聲是一曲催眠曲；而另有一位姑娘，在她的腳下擺滿了「金狗仔毛」，大大小小的，各種情態皆具備的，而那「金狗仔毛」的蕨類植物，映在夕陽下，令人倍覺金光閃閃的。

一縷穿過橋下的水流染著透明，不具任何色彩的穿梭在黝黑的岩石間。

一階階走過去的階梯，一階階登上去的階梯；風將撫慰著你，風將帶著水流的涼意，輕輕的撫慰著你的臉頰。風也將帶來一份呼呼的叫囂聲，穿過你的耳際。

再前行，高聳的一縷瀑布，已然呈現在你的眼眸中。風吹過，雨絲也吹過了，喔，那可不是在下雨呀，那是水珠的飛濺，而其小水珠是如絲的細微。

遠望高聳的瀑布，那高聳的瀑布是一條匹練，正在往下注去，何其匆匆呀！何其迅捷的呀！而柴刀劃過的岩壁上，岩壁乃鏤下累累刀割刀鑿的鏤痕；在一片廣闊的黝黑中，就只鑲嵌住一絲的銀絲瀑布而已。

瀑布水流汩汩，流不走水道上的兩座巨石；兩座巨石，恰似頑童的兩隻腿正想涉水而行，正想濯足在溪流中。

野草扶疏的，野蕨扶疏的；在五峰亭上，野草更見淒淒。而風微拂著，拂動了野草的搖擺，拂動了野蕨的擺動。

立於瀑布之下，目注瀑布的樣貌；你將見到瀑布只是雪花般的在翻滾，遲緩復遲緩的在流動。

迴轉個彎的，是石階的還是石階的；只是在石階旁，散布著桃李樹處處，偶而你還可以見到櫻花樹三、兩株佇立著。

偶下看，蘭陽盆地有一片的碧綠景色；在碧綠中散處著的屋宇，正如在碧綠海中停泊著的船隻。有些許的炊煙，吹起了炊煙一、兩縷，而且冉冉而上升著。蘭陽平原是一片寧靜，藍色海洋裡不會刮來大風，不會打來大雨。

此時只有水聲淙淙在你眼前展現著；此時只有水聲淙淙在你身旁身後，而淙淙水聲是在你身前後回應著。

在扶疏道上，路蜿蜒著，一個「Z」字形的迴轉又一個「Z」字形的迴轉，而其盡頭處，但見鐵黃色的岩壁挺立著；再前行，更見開闊的山谷裡，有更黝黑的岩石，有更高聳的瀑布，也有更雪白的水花飛濺著，於是轟隆轟隆響聲越來越響起，於是更緻密的飛瀑飛濺而下，霧氣飄飄冉冉的。

果若你有雅興，你何不步行到瀑布的前方，就讓瀑布的小水珠飛濺在你的臉上，吻去你的辛勞；就讓瀑布洗去你的俗氣，你將更可以仰望那毫不遲疑瀑布的凝駐，這時那毫不遲疑的瀑布就會在你的仰望中也被凝駐了。

註：五峰瀑布，距離礁溪約四公里路。

（刊1975.09野外雜誌79期）

問摩天瀑布未竟記

聽說三貂嶺有摩天瀑布；其名為摩天，顧名思義可見是一大巨瀑了，即是巨瀑，當可去拜訪拜訪。

前一日晚上，我準備了手電筒、背包、餐點等；只是差了軟片。對於軟片，我本想下樓去買，又想上、下四樓階梯多，因之作罷。

次日到八堵下車，步出車站一問，該地並沒有照相館，買不到軟片的。上了蘇澳線，在火車上一想，既沒有軟片，我就不能在文章裡配插圖了；所以有點失望的，也自責昨天應該準備齊全才是。

侯硐，好像蠻大的，記得上次到大華瀑布曾在該地轉車的。當時發現其市場還不小，或許有軟片賣，所以我就中途在侯硐下車了。

出了車站，我張目四望，可惜當地只有雜貨舖、西藥房等，竟然沒有照相館。我想著：算啦，即已在此地下車，何不步行到三貂嶺去？以火車來估算，也只不過是十來分鐘的車程而已，對登山人來說，不會很遠的。我一下定決心，抬腿就走。

拐到岔路，只見豎立了一個金字招牌的簡介，其上詳細的介紹著「三貂古道」。我當時想著，既然是三貂古道，那也是值得去拜訪的，何不去走走呢？反正去摩天瀑布，也不是非要今天去不可的。

因此我就在兩旁野草萋萋中，沿著丈許寬的石子路走了五、六十公尺。當即見右側有一石階疊置著的小徑蜿蜒而上；而其兩旁，初是處處茅草又有石階，而那些石階是略微修整過的四四方方的模樣兒。

石階，可能是因為年代已久遠的關係，其上並沒有任何的稜角；或許其稜角，早已在時間的洗禮中被侵蝕的很是平滑了，有些甚至於成圓渾狀的。

這種石階，若是用水泥去黏合的，則跟古剎的石階沒有兩樣；只是這裡並沒有如此的做，而只是很平穩的將之置放在土階上，而那種情景，反而更富有古老的、粗獷的氣息。

放眼望去，只見蛇木裸露處處的，隱約可見其堅貞的葉片，剛直挺拔著；風拂著，蘆葦依著風向處處柔順的晃搖著，一片的碧綠柔和，更顯出蛇木的那份剛勁力道。

溪水淙淙之聲，不絕於耳。這裡很靜，只因不見人跡的；這裡很靜，只因不見炊煙的。很靜，而那更是因為溪水的淙淙響，也是因為有各種鳥兒在婉轉的鳴叫著。

再往前行，蘆葦不見了，而觀音竹「沙沙」的在作響著；右側的山崖往下的，松和相思樹亭亭玉立的佇立著。

許多苔蘚浮生於石階上，毛茸茸的，而溪水仍淙淙的在作響著；我想著，溪水往哪兒走，我就往哪兒走。

三月的太陽不很熾烈，而松樹和相思樹下的樹蔭更涼爽了，路還在往前走著。這裡的石階已龜裂；一個石階就是一個龜甲狀，而龜甲上鑲刻著很均勻的「口」字型。是因為這裡經常是潮濕的嗎？還是因為這裡的地勢較高嗎？或是因為其年代已更久遠了？所以龜裂了！觀音竹的身軀纖細得極為可人的，短短的、一節節的竹節搭配著尖細的、薄薄的竹葉片。

路還是蜿蜒的，只不知此去是何處？前說的金字碑簡介，雖是在介紹著三貂嶺，可是我真的不敢確定是否是這一條路？況且到達金字碑之後，又是往哪裡去的？我真的很迷惑！而且有一點點的害怕！

石階一步步往前走，而我的腳步也一步一步的往上漫步而去，而我的氣息也一步步的開始在浮動著。這裡，還是沒有任何的人的蹤影，只有微風拂動著原野。

我的腳下，偶而是泥巴小徑，有點酥軟感的，感覺上很是好，很是溫馨；尤其有不知名的小黃花散布在小徑兩旁，它們都點綴在毛茸茸的小野草身上，使人渾然忘了爬階梯的疲困。

突然我見到了一個豁然開朗的隘口，而這是多麼令人振奮的事。一下子，我就忘掉了所有的疑惑與疲勞了，路將下坡了，可以省點力氣了！

我往左看去，霍然一個金字碑矗立著。我默默的望著那碑文，最左側刻著：「台鎮使者劉明燈北巡過此題並書」。而其年代是同治六年冬。我抄下了碑文，站在挺立的岩石下，那裡枝葉茂盛的，一股股涼氣襲來，使人不覺精神為之一振。

過隘口，前行是一大片嫩綠色的蘆葦草，其態很是溫柔；蘆花白白的，一束束的綻放在枝頭上隨風搖曳著；左拐是八、九十度的下坡路，我扶著枝幹慢慢把自己的身體往下送，待我站穩了，我又抓著小樹枝再往下降，如此周而復始的，我終於下得了馬路。

這條馬路，是有兩輛車可以交會的寬度。泥濘很深，輪胎的痕、鞋的痕在泥濘上點出了凹凹凸凸的，只是仍然看不到任何的人影而已。

順著馬路行行復行行的，終於到了市集。經打聽，方知當地是牡丹，和我本來預計要去的三貂嶺適隔一站遠，而班車還要等個四十分鐘；我想著，不如靠自己了，自求多福吧。當下舉步前行，靠自己的腿了，我立意要到三貂嶺去。

順著鐵道前行，忽見一山洞佇立在眼前。我想著穿過山洞也無妨，於是又前行；只是那隧道口有鐵路兵在駐守著，看來是不能通行的。因此我就左拐，沿著田埂往前行走，而那裡是山洞，所以我猜想只要翻過這座小山丘，我不也可以下到鐵道旁了嗎？

這裏一路都是地瓜田，一壠壠地瓜田散發著幾枝的地瓜藤，這地瓜田已是收割過的。又前行，有竹籬圍著，我東找西找的，就是找不到往上坡的路。而山頭就在上面了，可是一大片的蘆葦橫阻在跟前；山頭就在上面了，而我必須翻過此山頭的，我才能到達三貂嶺去。

我彎下腰身，撥開蘆葦，一陣陣燥熱，一陣陣的泥塵撲落著，迎向我的臉頰，迎向我的頸項，迎向我的頭髮。腳踩著蘆葦稈，一陣陣的「霹啪」聲直叫著。

穿入蘆葦林叢裡，這是沒有通行的路！我將衝出這蘆葦陣；可是一陣陣的泥塵瀰漫著，迎向了我，可是一陣陣的燠熱嗆了我的喉嚨。悶在蘆葦叢中，我的呼吸變得很是喘急，有點吸不過氣來的一樣。

乾枯的蘆葦稈很是輕脆，只要我輕輕一壓的或是一踩的，蘆葦稈就斷掉了；而原停駐在蘆葦稈上的灰塵就被彈飛了起來。

我費了九牛二虎之力，方得衝出蘆葦陣；可是接踵而來的，是乾枯的蕨類。當我用手一抓的，枯蕨的葉子就斷裂在我的手中；甚至於整株的蘆葦草被我拔起，所以我不敢太使力的去狠抓。我只得輕輕的抓著，以便多少借助一點力量而往上爬去，並且小心翼翼的不拔下枯蕨類，以免揚起的塵土撲滿我的臉上，尤其是跑進我的眼睛裡，此是我的手攀得到的、生長在我身前或身後的蕨類；可是對我腳下的枯蕨類，當我每一個腳步踩踏在其上時，枯蕨每每下陷約一台尺深度。

我賣力的往上爬往上爬去的，只見幾株喬木在枯蕨上招展著。最後終於到了山頂，可惜仍是沒有路的；只有山腳下幾幢房子在招手，而這讓我感到這裡仍有「人間味」的，我並不是孤單存活的人。而那種「有伴」的感覺，同時也激發了我的毅力前行。

依循山腳下那幾幢房子的方向，我穿過那一大片的枯蕨；不久我就見到了橘子園，我不禁吁了一口氣，放心不少，總算有「路」可以走了。

我終於下得山來，經探問原來此地仍是牡丹，而前行則是隧道，而後行則為牡丹市集；那麼這裡不就是剛剛我才走過的地方了嗎？在蕨類陣中，轉了幾轉的，而我仍是在原地打轉，我不禁啞然。

我看了看時間，已然是下午三點多了，我估算一下，我已經沒有充裕的時間到摩天瀑布去了；我只得黯然的、拖著疲憊的身軀，呆坐在牡丹火車站等著火車回台北了。而摩天瀑布呢？我可不知道它是在何方了，在何方了！

（刊1975.11野外雜誌81期）

溪頭之遊

回木屋

踩在不很平整的方形石板塊上，雨濛濛的下著。從台北趕了八、九個鐘頭的車程，只是想一睹溪頭的芳采而已；很早就聽說這裡的幽靜了，可惜一直為世俗凡務而奔波著，而庸人自擾的無事忙著。

在那不平整的方形石板塊上，其間以水泥黏合而鋪砌成一條條蜿蜒的小徑。兩旁挺立著處處高聳的松樹，而這裡就是溪頭青年活動中心。

望著活動中心，那以木板、木條築成的房子，心中就不禁冉冉昇起一片溫馨的心思。人，原本來自於大自然，人渴望接觸的是原始、是粗獷、是碧綠；而我所見的木屋正是利用來自大自然的竹枝、木塊，粗略的加工之後併湊而成的，是可回歸大自然的建物，當其木板、木條用後腐朽之時。而這怎不叫我心激動、澎湃。

這裡房子的建材，是以木條、木板、竹枝為主的。其門框是木條做的，其牆壁與床鋪則是木板砌成的，而其室內陳設的傢俱組，也都是木板、木條的成品。每一根木板、木條皆保留其原有的色澤，或為金黃色，或為土褐色，或為淺黃色，而其外觀上都是亮晶晶的，似是加上了亮光漆之類的東西，以防濕、防潮，保其耐用年限的延長。

進到竹屋裡，一陣剛剛處理過的竹材、木材特有的清新香味撲鼻而入；再加舉目一望盡是木板、木塊、竹片的構築；甚至於那小小的窗櫺，亦如小家碧玉似的鑲嵌在一條條的木條上，令人有遠離都市風雨與塵囂，回返大自然的親切感。

雨仍滴滴答答的下著，四周很靜寂；雉雞吱吱的鳴叫著，一聲連一聲不間斷的。深綠色的松樹，在微弱的燈光下，猶可見其挺拔之姿。一團團的霧氣飄浮在空中，而樹下雜草與蘆葦參差交錯著。雨滴答滴答的下著，四周很是靜寂，靜寂得沒有任何的車囂、人聲。而這裡，溪頭青年活動中心的夜晚，是一片的安詳靜謐。

回孟宗竹林區

走過深綠挺拔的柳杉林區，走過暗藍、筆直的肖楠林區；趁著天色放晴，鳥鳴宛轉時，我步上一階階的石階，一步步的往孟宗竹林區走去。在孟宗竹林區，那裡有孟宗竹株株間隔獨立著，在落了一地的枯黃竹葉片上，偶有磐石點點的錯置著，孟宗竹林區並不荒蕪的，只是入目有點蕭條而已。

杉木挺拔，肖楠筆直，而孟宗竹林則是一群飄逸的君子；它們不要雜草叢生其下，它們只要磐石相依相伴。

竹屋，顧名思義就是以竹為材搭建之屋。回想兒時的家鄉，常有以竹為籬，以竹為屋頂的貯藏室；而這裡的竹屋，就是以一座碩大的有點像鄉下地方的富裕人家的屋宇建置著，令人有思古情懷滋生。而這裡的竹屋，又置身於竹林中，可以更見其安閒、舒適與飄逸。

回大學池

幾朵粉紅色櫻花開著，幾朵紅色櫻花開著；而桃樹已結成桃青了。桃花是開的比較早；如若桃花與櫻花同時開起，那麼，到底何者為櫻花，何者為桃花？倒真難予分辨的，對我來說。桃青，毛茸茸的躲在淺黃綠色的葉片中，三月裡的大學池並不孤單，正是百花齊放的時節。且聽！那小溪的淙淙；且看！那小溪爆出的一陣陣飛躍的雪白水波。

幾許以薄木板覆蓋的亭頂，是灰色的；而幾許木板的桌椅上，則閒坐遊人三、兩。三月的早晨，在大學池裡沒有台北新公園的花木扶疏，更沒有假日裡公園的人潮洶湧。而三月的早晨，大學池只有一片寧靜、安詳，且可聽得那四處鳴囀的鳥兒的歌唱，是多麼安詳。

幾座虹形的竹橋，擱置在水色碧藍的河上；橋下的河水很是靜謐。我漫步走上竹橋去，而竹橋是不停的搖曳著，只是搖曳不走四周的連綿山峰，而在連綿山峰上正有一傘一傘的松樹正相依相偎著。

一株碩大的落葉松樹，頂著緻細的小葉子不動了，其呼氣根散佈在水上和岸邊，而且揚首探望著；幾株楊柳低垂著，倒映在水中和粼波相浮潛。

大學池是寧靜的化身，只在冉冉的昇起一些氤氳之氣，在飄浮飄浮。

回到神木處

頂天踩地，一手握劍揮舞著，揮去時間的葛藤。
而另一手則撫在殘傷的軀殼喘息。
禿的頂加上斑駁的皮，
已知生存的艱困。

雖是中空的軀殼，
只因嫩葉緻細，
仍要伸直背脊，
仍要挺立下去。

附註：一九七八年三月二十四日至溪頭青年活動中心，二十五日拜謁神木，其記事牌如此寫著：「神木，紅檜，二八○○年，胸徑五·五○公尺，樹高四十六公尺。」

（刊1978.08野外雜誌114期）

知本森林遊樂區

穿過紅、黃、白、紫紅以及粉紅色九重葛結成的小小的拱形門；我在內心裡，有一種被壓抑的感覺。在群山環抱之中，在天地間萬物均崇尚高大壯碩之時，那小小的拱形門竟非要逼我微俯著身走進去不可！

在我心中，尚逗留在被壓扁的感覺時，霍然看到一線細長的吊橋呈現眼前，展露著楚楚可憐之姿態。

走在鐵纜懸吊的上面舖砌著木板的吊橋，乍然搖搖擺擺的；環望四周，群山聳矗在綠色的族群裡。天地間，是一片恆古的幽靜，喔，不，還有水聲淙淙以及鳥鳴的不甘寂寞。

是的，有山有水即是畫。而這溪，溪面寬廣足有數十公尺，在十二月天裡，雨僅是一絲微微茫茫的，溪流上乃裸露出卵石累累的河床，沒有夏日的滾滾浪濤，也沒有秋收時的豐沛。十二月天裡，溪流僅以幾絲弱水奔向遠方，一如疲累的吉普賽人，不勝負荷那一份濃濃的流浪鄉愁。

水清澈見底，在群山環綠之中，只有穿過攔水壩的水流，化成了雪白幕狀隱然飄入我眼裡，令我興起超絕塵世之清幽。

走進森林遊樂區，但見以大石敷以水泥砌成的路，一階階的蜿蜒著，林木茂密，花草扶疏的，令人心曠神怡。

至茄苳林區裡，但見株株軀幹碩壯，而其枝椏之分岔甚為稀少，一如癡胖小矮人；尤其是茄苳古木，那棵足有十來公尺高，腰圍近二公尺的三百年古茄苳樹，從其軀幹看，一點也沒有蒼老之態，或許這茄苳樹仍將與天地同參吧！

茄苳樹的謙沖，不僅可由其枝幹之平凡無奇，以及小綠葉片之平凡無奇中窺見，在此森林遊樂區中，尚有一生動鏡頭展示著：那就是有一棵三、四尺腰圍，毫不起眼的茄苳樹，其幹上竟長滿了近十來隻有如人大腿般粗細的鬚根，如若不仔細的瞧上幾眼，還以為是茄苳樹長走樣了，待順著根鬚抬頭一看，原來正有一株尺來寬的榕樹，坐於其幹上寄生著！

過了茄苳林區，就是桃花心木林區，每株足有數丈之高，然其幹僅只碗口般大而已，如若稀疏的種植，山風颼雨就足以使桃花心木腰折的；但在這密植的林區裡，確是每一株都長的很挺，以之也可瞭解團結就是力量，確實有道理。

又走進了石板砌成的小徑，依然是林木茂盛，花草扶蘇的。往上方的小土徑前行，不久即進入桂竹林區，但見小徑旁雜草叢生的，雨輕輕的飄落，輕輕的打在竹葉竹枝上，也頗得悠閒之情。越往裡走，越覺是人跡罕至之境，有些地方還是竹枝夾道的，只得俯身而行了；而有些地方是坡峭泥滑的，只得攀依任何可借力使力的枝椏，一步步的往下坡路行走。

又前行，發覺所走的山徑似是雨季裡的水道，其上磐石累累的，上下均難行，此時不覺猶豫，莫要前行無路呀！在雨季裡，在黑夜來臨時，卡在這山徑中，前行茫茫然的，後退又心有不甘的情況下，想來會是很令人擔心的。

繼之一想，遊覽圖上不是有這麼的一條路嗎？可巡迴繞到各林區的嗎？而且依現在的方向，應是可以回到吊橋處的；把狐疑擱在心裡面，我仍默默的前行，又動手攀著枝椏抓著岩塊的，又動腳下滑，終於我們又回到了水泥路上了。此時，雨仍是茫茫的，在十二月的山裡，寒氣吹來更是刺骨得很。

「喂，快出來呀，要關門了！」一聲吆喝聲，喊自吊橋的對面。原來已是下午五點快到了，而售票處要關門下班去了。

幾位林區管理員迎面走了過來，一面問著我：「裡面還有沒有人？」

他們擦肩而過，就是要去通知其他的遊客離開這個森林區。這時只聞到一陣陣的酒香迎面撲了過來。順行至九重葛織成的拱門處，那售票桌上赫然有一瓶紅牌米酒，已開過瓶蓋的，哦，原來是米酒的酒香呀！待回老知本處，我務得沽幾兩米酒來喝喝，再炒個一、兩盤山羌、山豬什麼的嚐嚐，或許有助於驅散山寒山氣，也會和山裡人共有這一份山野裡的豪情吧。

（曾刊1984.01.06商工日報）

大崗山佛廟

從九鬮下車，右行即見一路的椰子樹在迎接著，柏油路不是很寬暢，卻是很夠筆直；而路的盡頭就是一座看起來夠舒坦、平穩的山。在晨曦的輝映下，如籠罩在薄紗中的，帶著一份脫俗與朦朧。兩旁碩壯的甘蔗田處處，它那碧綠的甘蔗葉似在告訴我們，這裡是一片與世無爭的淨土。一陣陣雞鳴狗吠，雜著鳥兒鳴囀不已，處處表露出小村落固有的純樸風貌。

確然，我一向喜愛獨自造訪山林之勝景；因為孤獨可以淨化我的心靈，而緘默可以諦聆到大地的氣息。

走上約莫二十來分鐘的，我迎著大崗山望去；但見山上林木濃密，一團團清晰得可以一一數盡的。山上仍是迷漫著一層薄薄的靄氣；穿過崗哨，兩旁的荔枝、龍眼樹林立著，陣陣的鳥鳴蟲唧傳來，令人深感已入山林之中了。

右行轉入緩坡，但見合歡樹夾道，還有竹林和龍眼樹佇立在道旁。而在龍眼樹幹上則掛著「偷盜得貧窮報布施能得富貴」、「日行一善廣積陰德」、「禮敬諸佛」等勸人為善之誡語。

此時白頭翁和青笛仔群相爭鳴，蟬鳴鳥也叫的，而水泥階蜿蜒而上；不久即見「龍湖庵」幾個的大字黑白輝映著，素潔的山門，其上置有一白灰色的法輪，令人望而知所警惕。

至亭內，回頭看山下，但見稻田阡陌，樹木扶疏；而平原上，偶見幾戶人家散置各處，而靄氣仍在一片的飄渺裡，天地已渾然成一體。

往寺內登去，兩旁欄杆上鑲嵌著白石，頗為別緻的。入大雄寶殿，但見「大雄莊嚴」幾個金字在頭上，中供三尊碩大的金身佛，左右各供達摩祖師及長眉尊者等聖賢。

再由大柏油路前行，蟬喧依舊，龍眼夾道，一份份陰涼令人心舒暢。再前行，不久即見遠遠的道路盡頭，有三尊全身佛佇立著，待近身一看，原來是三聖佛立於龍舟上，每尊足有數丈高喔，這裡就是「超峰寺」了。

依「超峰寺」的遊覽圖來看，寺內共有公園六合亭、梅花園、石螺洞、前後殿、百景洞、半天橋以及釋迦佛菩提樹成道等勝景，而適才所見三聖佛立於龍舟，即名為三聖佛放生池。

先行右轉，進入公園六合亭；只見亭內林木扶疏，水泥階梯處處有。此時耳際的蟬喧、鳥鳴更盛了，而置身於假山、假水、石桌、石椅內，也別有一份忘卻人世之幽靜。

次至前、後殿，其前殿稱為「慈航寶殿」，殿上金碧輝煌，龍鳳爭相攀附於其上，而殿內煙香瀰漫著，陣陣馨香迎面拂來，令人有發懷古幽思之慨。殿內古色古香，雕龍與畫棟盡成暗褐色。而後殿則稱「三聖寶殿」，較前殿為大，也更為幽靜，幽靜得只聽得到參神拜佛者的默禱聲以及擲筊聲；確然在這佛教勝地裡，只有淨化的心靈在呼喚著。

走到百景洞、半天橋處，但見附近遍植著雞冠花以及巢窩狀的岩石處處林立著；而一泓水泥小橋的，正架在二巨岩之間。

登臨小橋上，置身古榕樹下，俯瞰山腳下的平疇綠野，油然而生一份和穆氣息；陣陣涼風襲來，不覺塵心一滌而盡，回頭仰望更高處山頭，只見林木濃密，偶有山崖裸露其間。

走向小石子的下坡路上，望「金瓜洞」及「清涼洞」而行去。兩旁均植栽著釋迦、龍眼及木瓜樹，而岩塊仍隱約裸露於龍眼樹下；按其指標所示，此處號稱「台灣十八洞之一」。不過看看也沒有什麼特殊之處，只覺岩塊林立，以及刺腳的石灰岩敗落得有點原始與淒涼，或許我並沒有真正進入「金瓜洞」及「清涼洞」所在地也說不定。

繼後一想，能見識龍眼樹茁壯的長於泛著暗褐土灰色的岩石間，以及在如此貧瘠的地層上生存著，也該是對我有所啟示了。

走回「龍湖庵」，續往「福全堂」前行，一路高聳的龍眼樹遮天蔽地的；至「福全堂」堂前，但見小小的燈亭，小小的圍牆以及寺廟的牆壁，均有點古老斑剝的，而進殿內一看，正殿亦書著「慈航普渡」，在案上則供有蘭花，幽香撲鼻。

出佛堂後，見一小指標，標明往「靜修寺」的方向。乃由堂邊的小徑往上走去，在小土徑上，雜草遮掩的，而再上行則以斑剝的岩塊為階梯，再往上行則為一車道寬的土路，兩旁有果園觸目皆是。進二車道寬的土路，右轉路旁岩塊林立，較諸於適才為多，而腳下仍然是大小石塊鋪砌著，顯露一份蠻荒風味。

入「靜修寺」內，但見水泥平房的寺內清清爽爽的。其中堂亦供佛祖佛像，佛像背後之壁上則繪有大紅法輪，寺前則築滿花草。

回程順二車道寬的石子路而下行，但聽歌聲悠揚，見一小徑而下行，忽見「正覺禪寺」四個大字；接著沿百級左右的石階而下行，原來又已回到「龍湖庵」了，往下一看，雖已是正午時分，在陰陰的天裡，山腳下依舊是一片迷濛。

又回崗哨，突見有標示牌指示著，最左往「蓮華寺」，中往「蓮峰寺」，而右行的小徑則為「龍湖庵」。記得三舅公常提起至大崗山的「蓮華寺」去禮佛，那是在過年過節時，他老人家唯一的功課了；而先父亦嘗於退休後，應寺廟之邀約，在日僧佈道時，權充翻譯。而我這次有意至大崗山去，主要目地也是想拜謁「蓮華寺」，奈何埋首猛衝竟錯過了「蓮華寺」，看來只得日後再專程前往了。

（刊1984.01.29商工日報）

再見蘭潭

晨曦微白，踩著輕快的腳步，我走向蘭潭。

蘭潭，那舊稱「紅毛埤」，在十幾年前曾洋溢著一片清新脫俗，以及未經人工裝扮的樸實風味，曾令我深深傾倒。當時，我常有於薄暮時分或者夜晚裡踩著月色，耳聆蛙鳴蟲唧，迎著涼涼的霧氣，傾聽周遭那些此起彼落的鳥鳴，而經過湖畔，奔向嘉義市區的一段日子；那是因為當時我家在內甕地區有一果園，果園內，植有柑橘、柳丁、香蕉等的果樹，因之常要奔波到「山裡」。尤其，是在大學讀書時的寒暑假裡。

那時，湖畔野草茂密得很，薄霧籠罩著湖心，一片的朦朧，而對岸的山林盡為之消失踪影，那份迷惘的神色常令我停下腳踏車駐足留連。那時，湖畔野草雜亂又茂密，湖水很是清澈，當夜幕低垂之時，但見月色在粼粼水波上載浮載沉著，如夢似幻的，頗為引人入勝。

走向山仔頂時，兩旁茂密的林木，以及高挺的檳榔樹，已然在告訴我，是在走向山郊了，是在走向小丘陵之地了。待走向下坡路後，雖有一大片的稻田和蕉園，但周遭仍是遍植著檳榔樹，也依舊是丘陵的景色。

不久，但見路旁有柵欄築起，有紅磚砌成的人行道，還有馬蹄甲樹開著帶點粉紅的花和黃綠的葉，間雜掩映在人行道上。

沿紅磚道前行不久後，即見有一碑文標明著：「蘭潭，古稱紅毛埤，湖寬東西一里，湖長南北二里，為嘉義八景之一。」而走進三信觀賞樓，但見樓閣紅黃相間，樓旁植有三、五株碩大鳳凰木樹。

近岸邊放眼一看，但見湖水碧綠，水波粼粼，遠處小丘陵起伏，其上林木茂密，而且展露出一份溫文敦厚的風貌。湖中數隻踞水鳥仰頭漂浮，任微風吹著，任水波漂著，一付怡然自得之態，令人望之而生羨。湖邊有三、五個垂釣客蹲踞在樹林下，一竿在手，正垂釣著安詳的湖色；回看山腳，那田園，那屋宇，那樹林，那檳榔園歷歷在目，令人不禁浮起一份安寧和穆之感。

蘭潭，蘭潭依舊是村姑打扮，雖已有柵欄圍築著，但那份野草萋萋，林蔭茂密，以及清澈的湖色，依然令人嚮往著。

（刊1984.12.18商工日報）

湖山岩

從斗六搭上往湖山岩的台西客運車子；但見一路上有翠綠的芒果樹夾道，在十一月天裡，帶著褐紅色的芒果樹的新葉子在樹梢上招搖著。平原上，無垠的金黃色稻田和碧綠的竹林，間雜置於其間。偶而還有一些高挺的檳榔樹迎風飄逸的飛舞著，或者香蕉碩大的扇葉，在屋宇邊安詳的低垂著，這大地是一片的安詳。

過牛埔仔，車子已進入僅只一車道寬的柏油路裡，兩旁的景色忽兒是椰樹、檳榔樹、龍眼樹以及竹子林；忽兒是相思樹林的天地，各色度不同的綠色，把大地點綴成一片繁榮豐盛。

進入梅林，夾道林種又成另外的景觀，那就是老龍眼樹夾道，其幹扭曲又蒼老，令人有股歲月長流之慨。路前方，即可見小山嶺，此時的林木更是茂密，而車道是略蜿蜒的，木薯的巴掌葉子處處都有。在一、兩個拐彎之後，突然瞥見車道旁邊有一朱紅山門，其上書有：「湖山岩」幾個大金字。而其旁數株黃綠的鳳凰木樹，羽葉非常纖細，還有馬蹄甲和椰子樹間雜著，山坡上則見檳榔樹滿山遍野的。此時，驟聞鳥鳴蟬唱處處，氣氛頓然祥和。

進入湖山岩，但見其前有一人工湖，中立金身藥師佛，形相莊嚴和穆，湖山寺前花木扶疏。前看湖山寺，寺前各有古銅色大獅一座，扶欄邊又各有長著尾巴的金身像，那就是太平鳥了。步上台階，入眼先見廊柱紅綠相間，典雅調和；再往左右一看，牆上高處，各有仙女散花的浮像，栩栩如生。這時適巧寺裡傳來鐘磬聲和小鈴聲不絕於耳，而平抑的頌經聲隨風送來，不禁令人心懷平靜安寧了許多，也把幾許塵俗盡拋九霄雲外。

湖山寺大殿內供奉觀世音菩薩，二樓則供奉白玉釋迦牟尼佛。釋殿幽靜，殿頂係以數百尊金色佛像環圍著，間以紫紅綠等色為裝飾，更使殿裡顯露一份幽靜與安詳。據告示牌所示：「該寺將於對面山頂闢建彌勒大佛一尊，其高達一五〇公尺。」

步向寺前，由曲橋至湖心中，也就是藥師佛座下，忽見湖中另立有一尊達摩師，較諸於藥師佛略小。在湖心中，但見湖水悠悠的，湖畔花木茂盛，涼風徐徐拂來，午時的燥熱盡失，耳聆蟬喧處處，實為悠閒。達摩師座下，係以四柱支撐的，柱上各攀巨龍一尊，而長壽龜仰頭伏於柱腳，一動也不動的在晒太陽，湖中另有游魚處處，滋生著萬物和諧之勢。

返程上車，回看湖山岩寺，但見湖山寺置於四面環山的深谷中，處處都是令人怡情悅性的翠綠。

（刊1984.12.26商工日報）

走在蘇花路上

走在蘇花海邊公路上，就是滿目海洋神色。海以近岸處的雪白與淺藍呈現在眼前，而再過去的遠方，一直到天際的樣貌，則均為深藍色的面貌。也或許有些地方是以雪白色、淺藍色、深藍色的層次，相間雜的展現著。

或許藍色是端莊、和穆、安詳和憂鬱的混合體；但在海裡的藍，卻是一種澎湃的、激盪的、狂放的與縱情的色彩。

潮漲時，激盪而來的雪白怒潮，在滿灘中狂奔著；而潮退時，就把岸旁的岩石裸露出來了，而且自行流暢的傾瀉成一種雪白色的疊狀，把水柱織成一片幃幕的，又流竄回海中了。

公路蜿蜒而上，偶有小村落座落在路旁，小村落旁是用無數有雪白花穗的茅草圍聚而成城堡。有高眺的椰子樹迎風飄舞著，也有龍眼碩厚墨綠的葉叢凝聚成傘狀的，峭壁下的礁石林立著，海浪乃激成一絲帶一絲帶的雪白匹練狀。

浪，沖激向著岩岸，乃製造了激盪的浪濤；閉目經過昏暗的山洞裡，風呼呼的吹著髮際，而髮拍著臉頰，乃逗留一丁點的刺痛。確然，山風是較猛烈的。

偶有木瓜樹林立著，偶有木麻黃樹林立著，偶有相思樹林立著。偶有巨岩在道旁佇立著，佇立在一片蒼老的草木裡。望向遙遠的地平線上，海是恁的平靜，沒有一絲絲的一如腳下激流的激盪。

在和平這個小村庄上，忽然平原開曠了一點，於是牛隻散置在草地上，溫文的低著頭啃噬著青草；而椰子苗種與包穀處處的，真使人有名符其實之概。

此時回望山頭，但見林木蒼翠如傘狀，並排撐立在山腰或山頂上；而更遠處的山頂，已悄然沒入白雲中了。幾個鄉間的公家機關所在的庭院裡，盡皆遍植著嫣紅妍綠的花花草草，在經過幾個山與海的路後，遇此纖柔花姿，更感其豔麗迷人。

穿過幾座窄長橋樑，每橋皆跨越過寬闊的河床，而溪上沙石畢露著，這個時節是枯雨季。

走在蘇花公路上，山路是一個又一個的迴轉來又迴轉去的，而車子也跟著一個又一個的迴轉著，人也跟著一個又一個的在左右迴轉著。這裡沒有超過二十公尺長筆直的路可走，也沒有超過二十公尺視野無遮攔的路，這裡只是接連的一個蜿蜒又一個迴轉的旅程。

從谷風處逐漸上坡去，一坡坡的往上著，在一個迴轉的時候，舉頭望前看，但見前車又在更高處爬行了。刀鑿似的岩壁在左側面，而海則在深深的腳底下，令人有懸空之驚疑。

其後又逐漸的下坡又上坡，而左側依舊是湛藍海洋；海洋裡但見小漁船一點點的，卻在乘長風破萬里浪。復抬頭，前車又已沒入高聳的半山腰裡了，渺小成一個個的小方塊而已罷了。有瀑布分成四、五階段的奔瀉而下，粧著雪白的舞衣在飛躍著。

車子在山腰裡迴轉著，而林木則更碩壯了，碩壯得把陽光都遮掩住了。山壁依舊是寸草不生，或者只點綴著數枝的野草，一幅蕭瑟景象。海的藍遠了，只有白瀑依舊清晰可見。

至觀音的下坡路，海復漸近，幾隻小鳥安閒的停憩在電線上，點成數個悠揚的小調。偶而回望來時路，竟已全然沒入在林木中了，哪見得有路在山腰呢？而山壁的枝幹低垂著，垂得幾乎接觸到另一邊的崖岸了。

一個轉彎後，山壁突然跑到了右邊去，而左邊驟成山谷了，可得見對面山頂的圓渾柔穆。路旁茅草叢生，在陰陰的天裡，也不知是山風冷冽，還是真有雨滴下來。推開車窗，竟如有雨撲飛在頰上。

又下至谷地，在和穆的碧綠小丘上，依舊處處稻田，似乎在告訴我們，山路已盡了，此去應該是康莊大道。果然不久的，即至南澳了。然待車又前行，卻又走在山腰間裡了，又在迴迴轉轉中前進著。俯望海洋，此處已深得連雪白的浪濤也看不清楚了，而礁石也不見了，只有小島四周依舊有白沫環圍著，圈成一個雪白似的項鍊。在山腰間裡，冷氣直吹著，吹得令人涼涼的。

車緩緩的迴轉下坡了，接著崖邊的泡沫逐漸清晰了起來；最後，泡沫清晰得又如匹練。在山頂上，蓊鬱的林木中，野蕨處處的，顯得很是特殊。又不久，崖浪與崖岩也漸漸的清晰，波濤一波波衝來的形象也漸成可數狀。海又成了淺藍與深藍色的組合，而遠處的海面上，處處都有雪白如雲絮的波浪，天低垂得與海洋相吻相接著，且渾然成了一體。

接著忽見島嶼浮置在海面，一片藍藍的景色，接著又迴轉於群山腰中，直有二公里的路程盡如是，而後就見到南方澳了。那些船，那些聚落盡皆在腳下，而島嶼則在遠遠的地方。幾座或亮著紅色或亮著白色燈光的燈塔，指引著船隻的來來去去，各色的小漁船，並排停泊在小港灣的懷抱裡，而那就是南方澳了，它是緊臨著十大建設之一的蘇澳港。

（刊1985.11.18商工日報）

刀削斧鑿月世界

日昨下午四點多，跨上單車從岡山直奔到月世界。我從岡山那裡邊騎邊問才到了阿蓮，這時已是夜暮低垂之時；及至田寮，黑夜竟無情的擁抱了整個大地。此時，在黑暗與頗為傾斜的下坡路上，我不敢再騎單車，而月世界置身何處仍是一團未知，因此不得已班師而回。

確然，七、八年前曾騎單車到月世界。那一次是在薄暮時分抵達，但覺月世界的那種淒迷與蒼涼壓抑住了我沸騰的熱情，自此那孤寂的意境竟深埋在我心田裡，令我為之時而悸動不已，以至於每次到岡山去，總會萌起再度一遊之念。

次日是假日，終於摒棄俗務，也不再以單車為代步工具了，而是逕赴高雄客運站搭車前行。出了農校路，兩旁是一路的椰子樹，田園裡稻田阡陌相連，展現出一片碧綠景色。偶有小聚落散佈在其外圍，亦均是碧綠的刺竹樹林搖曳著，再不然就是零散的荔枝、芒果、香蕉以及蔗田夾道而散置。進入九龜和阿蓮，景色依舊是平原風光，只是多了幾戶養鴨人家，把個溪灘上散落了無數雪白鴨群。

及至田寮，車道開始忽上忽下的，路旁則是半枯黃的茅草和竹林，偶有小丘陵佇立在道旁，呈現著貧瘠的黃土色，使人頓覺山區風光已到。這裡種植的不再是稻田和蕃茄田，而是一處處林立的果園：有芒果園、棗園，更有香蕉園等的。事實上，在我於七、八年前過訪的記憶裡，我曾有過強烈的孤寂感受，經時間的洗禮，而其影像已化成淡如雲煙了，只記得昨日似在此地班師而回的。

正自忖不知月世界還要多久才能到達的當兒，忽見兩旁山嶺的黃土畢露著，其上寸草不生；只有一、兩株合歡樹偶而展露出孤伶伶的一點綠，令人深感蒼涼。車再前行，突然一山脈又一山脈禿禿的野草不生的山脊向我湧了過來，令人如置蠻荒之中。車停，緩步前行，只見林立著的山嶺擁著我腳下小小的盆地。盆地上是乾癟的土地，以及萋萋的野草。偶有及人高的茅草，也是令人更感蒼涼而已了。遠眺四周一小山脈又一小山脈的匯聚而下的山嶺，不覺萌發出一種深深的孤寂。

這裡遍野的小山嶺，都是瘦瘠得一如經過無數的刀削與斧鑿。小山嶺上只有一點點的野草或者一點點的合歡灌木，或者一點點的竹林，點綴在棕黃龜裂的山峻上或者斜凹之處，把小丘陵的猙獰刻劃了出來。那到底是水的侵蝕，還是山的怪異性格所致，竟致一脈脈的小丘陵含著無限的恨意，把鱗骨聳然而起；是刀之削還是日月的折磨，竟致一脈脈的小丘嶺飽含著無限的力道，那是一種堅苦生命的控訴與砥礪。環視四周的脊嶺，忽覺這山嶺許是驟然隆起於昨昔的，仍在不安定的漫遊著，也在增長著。

我緩步登臨山峰的平台，臨著崖畔的，一股股微風拂來，夾著一股蟬喧，令人深感蒼茫、孤寂與凋敝。把靜寂還諸大地吧，在這只有微風和蟬喧的大地裡，在這只有半天鳥偶然叫囂在天際的大地裡。在這沒有太陽的天氣裡，月世界只是籠罩著一片迷濛的大地而已。

把稜角向天嚎叫，把野草摒棄在月世界裡；碧綠本身就是一種奢侈，一種多餘。讓迷茫，讓淒涼，讓孤寂與凋敝還諸天地，才是月世界的本色。

（刊1986.10.04商工日報）

司徒凱
如此說

司徒凱如此說：藝術已死亡

司徒凱作了一次西門町之訪，乃顫危危的宣稱：藝術已死亡。他的憤怒如雷吼響徹了雲霄，他的惋惜有如秋蟬的悲切。

司徒凱走到西門町，那裡的噴泉散落出繽紛的彩芒，在初春徐徐涼涼的之下；而霓虹燈的耀眼，比大王椰樹更為有氣息。人們的腳步匆忙而混亂，那些人類的靈性已被擱置於高閣裡，正被凌遲著；人們追逐著高腳酒杯下短暫慾望的滿足，人們盪著邪淫的性的微笑與暗示。是的，那些淺淺的酒窩或者清純的酒窩，已是過去式，再沒有人擁抱著矜持、自信、健康與質樸。

司徒凱走到西門町去，那裡的小轎車如浪洶湧著；司徒凱看到Hi-Fi以艷麗軀殼擺設著，喑啞著。那些貓吼、狗叫，接受了性的挑逗與暗示，而人們正沉愐於虛假的愛情遊戲裡，只因為人們也啟發成了狗一樣、貓一樣的心態了。靜謐的聖歌倨促一隅的在顫慄，在顫抖；再沒有人去點唱了。

司徒凱走到了西門町，司徒凱看到人們嘴角旁的啤酒泡沫更為繁雜了，那是帶著市儈味，帶著銅板臭味的炫耀。房產，股票；股票，房產。權勢是金字塔之尖頂，至高至上的追求；而人們以錢多養著勢大，以勢大賺取更多的錢，正如雪球滾動於微微下坡度的山腰，其體積是倍數增長再增長的態勢。

司徒凱走到了西門町，司徒凱看到山水墨畫，被刻上NT$的價碼，藝術正以銅板被評估出價，而清脆的銅板響聲比藝術更為悅耳；而門外的門外的歹徒們，正以市儈的名氣，販賣著藝術的價值。

司徒凱走到西門町，人們匆忙的奔逐著。且喫著雪茄而也留著長髮的，穿著牛仔裝而也搖著胸潮與臀浪的，也許還飢渴於SDM的幻覺享受。就是沒有SDM的幻覺享受，而人們也幻覺著幻覺，在幻覺中自我愉悅著，虛幻的、無可名狀的、不由自主的飄在人生的旅途裡。

司徒凱走到了西門町，人們都以血管中的脂肪互相炫耀不已著，就那麼樣的齜牙咧齒炫耀著，而炫耀著嘴邊遺留的油水有幾多；而人們不覺得那是藝術已死亡，而人們不覺得那是靈性已敗壞。

於是司徒凱乃顫危危的宣稱：藝術已死亡。他的憤怒如雷吼而響徹雲霄，他的惋惜如秋蟬悲切；卻看不出有任何回響，任何的回應。

（刊1974.03野外雜誌61期）

司徒凱如此說：登山者是帶野性的狂人

司徒凱有次興致勃勃的參加了一個登山的聖隊，司徒凱很規矩的走到了集合地點；在那裏他看到了有登山隊的旗旌飄揚，那是辨識用的，也是召喚用的，他也看到了蝟集著的人們了。

司徒凱很是欣慰的，為了那朝聖原野、山林、溪澗和河流的人們的純樸心意，他們是簡單的需求者，那至少是在那個時刻的心意。

司徒凱知道人們原本來自於原野的，天生的野性就存在於每個人的心胸裡，而那心意也帶著原始與純真；在蠻荒的人們，原要找尋再找尋的，方可獲得食物的補充與滿足。所以當時的人們必須以猴樣的敏捷，以獵犬的雄姿再加上蛇樣的狡猾，方可求得生存裹腹的。人們必須涉足溪流裡捕魚，人們必須登上巉巖峻嶺，方可獵取羌、兔等溫順動物，甚或虎、象等的巨獸；因之人們乃漫無目標的追尋著在原野，有如一隻無頭的蒼蠅走過一個原野又一個原野，翻過一座山嶺又一座山嶺，繼續的往前走的。

司徒凱知道人們原是生存於碧綠原野中的，生存於溪澗水流的沖激中的，生存於鳥的鳴叫聲中的；因之人們乃不斷的希望去接近原野。因為原野給了人們安全感，因為原野是溫馴的、祥和的；在原野的孕育下，人們將求得平靜與安寧的心境。

司徒凱知道人們的本性，存在著征服宇宙萬有的慾望；整個人類的歷史，即是一部奮鬥史，是在不斷的征服再征服中，在殘殺與流血中走出來的，而這方才創造出今日的文明。

司徒凱跟著人們，擠上滿載著登山背包與汗臭味的車輛，往郊外走去。他環視了一下人們的裝備：年輕人們的裝備是一種緊身裝飾，帶著朝氣味道；而年老人們，則穿著髒兮兮塗滿了樹脂或被茅草、樹幹、樹枝畫了好幾道破痕、刮痕的衣服。人們的登山鞋都是很髒的，有的是破洞斑剝的。司徒凱聽說登山包、夾克、登山鞋，有的是經年不洗的，而任其帶著走過的灰砂與風景的。

司徒凱跟著人們走上了山徑，登山聖隊就自然形成了一條蜿蜒的隊伍，襯在碧綠的山水中蠕動著。他們，有的人們是莊嚴的、緘默的、獨自的低頭前行；有的人們是揚聲震撼寂靜的山林，那是發自他們內心裡的笑聲，帶著自負、健康及青春。

司徒凱跟在人們的身後，他看到了人們互相攜持，尤其是年輕的人們。人們之間洋溢著友愛，人們的眼珠皆是盈滿情愛與信心的。司徒凱也發現年老人們，他們喜歡指導年輕人們，更喜愛炫耀昔日自己的英雄氣慨，如何又如何的；但是年老人們，卻也不愛年輕人們的扶持，他們寧可靠著自己的力量走過去，而那是一種自信與堅毅的力量。年老人們仍在憧憬著昔日的英雄氣慨，仍充滿著自信的內力；年老人們仍秉持著一個信念，能自己站起來就要自己站起來，不假他人之手。

司徒凱跟著人們來到了山巔，他也去踩了一下那個三角點；雖然那個三角點只是一個測量的基石而已，是一個水泥柱凸出於山的最高處的標誌。可是人們征服慾望的滿足感油然而生了，當人們輕輕的去踩了那個三角點；就只是那麼的輕輕的踩上一腳，他們即滿足了已爬累了三、四個鐘頭的汗液、喘息。而那些喘息，那些酡紅，皆已消失了；留下的只是一份欣慰，證明人們走上了一個山頭。

因此，司徒凱如此的說：登山者是帶野性的狂人。

（刊1974.02野外雜誌60期）

司徒凱如此說：走向原野擁抱自然

走過了一段好長好長的歲月，常常夜晚在孤燈下翻閱書籍，常常白晝裡在揮汗疾書著試卷，或是坐在講台下強睜著眼皮又呼吸著粉筆灰；而那粉筆灰是囂張的平射過來，就如同飯匙倩憤怒的往前衝鋒陷陣。可是那份童年時的那份流浪的夢想仍盈滿心懷，一份至真至純潔的佇望與熱愛，佇望那似是逍遙又粗獷的、還有一丁點兒落寞的流浪季節。熱愛那雲煙似的虛幻飄渺，和帶著秋意黃昏淒美的流浪季節；而這就是我內心裡的孤寂。

最近常走進算盤珠子的單調噪音中，誰說的：算珠的撥動是「大珠小珠落玉盤」。我的心中浮起一陣悸動，只因我的耳骨太脆弱了，脆弱到竟然視人群的權勢紛爭為雷響，脆弱到竟然視物慾為人群靈魂的毀滅。

最近走入機械似的輪盤中，文明社會產生了反淘汰，劣者生存，作奸犯科者生存；人們的歷史改造，是要走向更文明、更安和樂利、更無爭共享的境界，走向心靈與肉體的更高尚與健美，我實不願見到劣幣驅逐良幣的產生，在這樣的一個文明世界。

走過了一段好長好長的歲月，流浪者不再流浪了，不流浪的人卻只擁著流浪的夢想。有人說：有夢，總比沒有夢好。而我說：沒有夢想的人是行屍走肉；而有夢想的人，卻是象牙塔中的米老鼠：帶著一份天真與幼稚而沒有健力美的活躍力量。我該是行屍走肉呢？我該是象牙塔中的米老鼠呢？噯，有夢想的人總希望是行屍走肉，至少有一份無憂無慮與隨波逐流的方便。

我感到很是徬徨與無依，正如都市之鼠站在紅綠燈下：到底紅燈該走，到底綠燈該走？而又是該走哪條路的紅燈或該走那條路的綠燈呢？我的眼球眨著，只因沒有空間或時間在我的眼前流轉著；我停頓著，彳亍著，突然我看到司徒凱冉冉而下，自藍天裡的白雲冉冉的而下。

「嗨，好久不見。」

「嗨！」

「找尋什麼？」

「找尋自我，找尋人類生存之道！」

於是司徒凱和我，並肩前行。

司徒凱如此說：單調及噪音，乃起於長久心靈上被壓迫感的突變所使然。

司徒凱如此說：流浪是一種動態美，是在不同空間裡游動，而且處處有新境遇，處處有變動，處處是新意念，處處是創新。流浪是一個輪盤的旋轉而產生柔和的發散的色圈；若果靜止在輪盤上，最多只是占據著一個色域而已。而長久的處在同一個色域上，將被感染在該色域的死亡點，只看到該色域；而不見其他或許更美的色域，因此終將因單調而枯燥而死亡。

司徒凱如此說：文明社會的反淘汰制度，乃肇因於對罪惡或不良體質的姑息；罪惡與不良體質乃因之而得以生存下去。而其生存又導致遺傳，導致遺傳於其下一代，而其下一代又是罪惡或不良體質者。善良或好體質者，因講求真理或考究良性遺傳，因此在其生活領域或資源上皆受其本身自囿，有理智與道德的規範，反而產生了反淘汰。

司徒凱如此說：文明的高度發展，促使吉普賽似的流浪生涯成為否定狀態；文明的高度發展促成攜著三絃琴，揹著背包，走過一個村莊又一個村莊的，走過一條河又一條河的，經年在餐風飲露狀態中生存的方式成為不可能。

司徒凱如此說：經年在原野中，仰起頭數著星星的，而白晝裡走於橋與橋的聯繫或屋與屋的相通間，雖或可歌出人生的淒美與隨遇而安，但事實上已是不可能的事了，因為這個世界已被人類的群體佔去了，個人是很難離群索居的；所以高度文明發展的社會，人們乃以旅遊、登山、划船和游泳等野外活動而寄託之。

司徒凱如此說：以上各種野外活動，皆是在仰視星辰，讓星辰與星辰相對映，讓月彎兒在相思樹上綻放著，那是一種虔誠的對原野的膜拜。

司徒凱如此說：讓全體的人們去擁抱流浪，讓整個的人們皆走向原野去；讓原野來改造人們的胸懷，利用環境學來改造人們的心胸氣度，讓野外的花草來塑造人們更高的文明價值。

司徒凱如此說：人們，走向原野，去擁抱自然吧！

（刊1974.06野外雜誌64期）

司徒凱如此說：動！人們

司徒凱知道，人們是一種動物，本能上賦有走動、遷徙的動態；從生命的誕生開始，以至於死亡前的一剎那，盡皆是動態。司徒凱知道，人們死亡之後，方成為僵硬的基石，方是靜止不動的，方為化成腐朽的。

司徒凱知道，人們文化的建立是繫於人類的活動張力。一部文化史即為一部人類活動史；不管單一個體的好壞，也不管單一事件的良窳，而是集當時所有的眾人與所有的事件而造就。歷史的片段若能更改，則不成為今日的社會；更改後的社會也許比今日為善，也許比今日為劣。所以過往好壞的集合體，才成就今日的現狀。何為善？何為劣？善與劣之間，其實僅只是電流的兩極，一「正」一「負」而已；而善與惡均是人之所為，所以歷史是集體人性的締造。

司徒凱也知道，溪流匯聚以成河海，乃在於其不停止的奔流而下，不停止的往前行進；若果溪流一旦停止，則溪流自成乾涸。溪流的流動，乃在於賦有動的使命；有動感才有生命，若成死水，水將養化而喪失生命力。

司徒凱知道，人們感覺得到冷，乃在於靜止的時刻；人們喪失了意志，乃在於不前進的時刻。司徒凱知道，當人們動時，即在燃燒自身的意志，而意志的燃燒是越燒越燃而越烈越旺的，越烈越旺而意志越是堅強。司徒凱知道，生命力的持續維護即是動的開花結果使然。

司徒凱知道，鳥單足憩息而眠，蝙蝠倒掛於枝椏下，貓狗被驚醒可一彈而起，這在在都是深藏著動的意志、能量與動的自覺。

司徒凱知道，人們終將毀滅，只因人們不再頻頻使用手、使用足、使用其身軀；司徒凱知道，人們終將先變成一個圓球，只有一個小小的頭顱而已，而手足與身軀只是一個退化的配件。司徒凱知道，人們變成圓球即是毀滅的先聲，而毀滅終將接踵而來。

司徒凱知道，甭借外力的，甭借冰河期的降臨，甭借星球的相撞擊，人們依其內在的自有破壞力，就終將毀滅，只因人們失掉了動的意識、動的自覺、動的實踐。

司徒凱很是傷感的，他站在人們的面前高喊著：「動吧，人們！動，動，動！」可是人們已聾啞了，只因人們的性靈，早已被權力與財富所蒙蔽，只因人們喪失了動的意識、自覺與實踐。

（刊1974.07野外雜誌65期）

司徒凱如此說：沐個飄雨，人們！

司徒凱自從獲知飄雨的啟示以後，司徒凱不再攜帶雨具了。當飄雨降臨大地時，司徒凱即是那最最接近飄雨的人了。

司徒凱知道飄雨的落下，有時是如三月小鹿的蹄印，很輕盈；飄雨就那麼不自覺的吻著他的鼻尖，還帶來那麼的一點兒的春思的騷味。司徒凱知道飄雨的落，有時是激怒的巨象的狂奔，那有似鐵錘的捶擊拍向我微弱的眼臉；司徒凱知道雨的飄落，不是「雪花的飄飛」浮游而下的，而是一種自覺、一直勇往直前。

司徒凱知道，二十世紀人們的生活過於恍惚；司徒凱希望在飄雨的落下中，不會再有蕈雲的出現，不會再有竹筍的出現，而就讓人們走出蕈雲、走出竹筍的冒出。

沐個雨吧，就讓那恍惚的眼神走失吧，就讓那為世俗、為財、為勢而活著的枯槁靈魂，而鎖緊了發條的神經鬆弛。沐個飄雨吧，去緩緩的漫步一下，讓那長年在轎車上，在為生活奔波的椅子上的兩條腿，走動，走動。

沐個飄雨吧，不要用穿過玻璃窗去看飄雨的景，而要以直接透視場景、臨場的實況，就去透視這種飄雨的情景：看那披上了雨珠，亮著亮著的大王椰樹，看那閃著閃著雨珠的大榕樹，或許也望望那嬌羞的聖誕紅和飽滿翠綠的夾竹桃；它們都一個樣的俯仰無愧天地、自在自適。

沐個飄雨吧，看看朦朧中的朦朧；人們將汲取一份深深的清新，人們將彈去塵泥，人們將恢復良知，人們將恢復那本該有的追求真、善與美的良知。

沐個飄雨，讓那自覺的、勇往直前的雨絲浸潤大地；沐個飄雨，就讓人們吸取那份浸潤在大地的涼意而浸潤到人生。

司徒凱如此說：走出蕈雲，走出竹筍尖，讓我們一起沐個飄雨吧，人們！

（刊1974.10野外雜誌68期）

司徒凱如此說：綠即生命

司徒凱如此說：「綠即生命。」司徒凱知道：「有物混成，先天地生……可以為天下母，字之曰綠。」天地為陰陽，陰陽未分的境界即為綠。陰陽未分的境界，非只在說明陰陽的生存，陰陽的中和，亦可言及陰陽之終極。

司徒凱知道，「綠即常」。「常」即是超越時空，無方所的；因此「綠」即是超越時空，無方所。人們很難理解以上的話，因此司徒凱以萬物之存在、天地之生成和人們的知感，來解說如下。

司徒凱說：植物本身即是綠，其含苞，其綻放，皆只是綠的突變而已。雖然所謂的含苞待放是以紅、橙、黃、藍、紫的姿態存在的，甚或以黃橙、紅橙、紫橙和紫藍等色調來表現，但以上諸色調皆孕育著綠；冬藏之後，接踵而來的，即是綠的覺醒與生意。

司徒凱知道，植物個體的凋萎，植物個體的腐化或消滅，皆是綠的隱藏；當綠無法自其他的雜色中脫穎而出時，則植物的個體即要凋謝或毀滅的。

在動物界中，有的動物是取食其他的動物，有的動物是取食其他的動物和植物；而另有些動物是專門取食植物的，如草食性的恐龍。草食性恐龍的消失，乃因植物不足所使然；於此種植物不足的情形下，那些專靠植物以維生的動物，當然其食糧就會發生短缺了，草食族群數量減少，此也導致肉食動物的糧荒，所以肉食的恐龍也難逃其毀滅命運。因此整個的恐龍族群，就此從地球上消失了。由此可知，動物界欲維持其個體的存在，務必要維持植物界的存在，亦即維持「綠」的宇宙。

司徒凱知道，太陽光的七色色輪（Colour Wheel），蘊育著綠的間色，黃綠和藍綠的雜色；而且以繪畫三原色的紅、黃、藍色來講，黃色和藍色混合即成「綠」色。

司徒凱知道，充斥於空間中的「乙太」，本身是一種「虛」，無色、無味、無體；此種「乙太」，亦即包含綠的因子，其體內含綠的生成，也含著綠的衝動。地球上有動、植物的活動，乃因孕含其中綠的覺醒，綠的生意而有以致之；月球所以無動物、植物的存在活動，乃因孕育其中的綠尚未覺醒，因綠的生意尚未覺醒有以致之。

司徒凱知道，要讓人們感知綠即生命的意義，務必讓人們感知綠的存在意義；因此，司徒凱帶著人們，帶著那些住居於繁囂城市的羸弱的人們到了山林裡去：那是富有綠的山、綠的樹、綠的水和綠的草的山林間裡。他看到了人們的瞳孔中的干戈，他看到了人們眸子中的爭權奪利的憤怒、貪婪和醜陋盡皆消失了；代之而起的是一份慈愛與平和、溫柔的氣息冉冉上升，只因人們正置身於綠中。

司徒凱也發覺有多少城市的人們，負載著挺出的大肚皮，其鳥腳無力而遲疑的在顫抖著，他為城市人們的生存觀念和生存環境感到悲哀與歉意。他悲哀的是人們個體的存在只是一剎那間的事而已，人們又何必生存得那麼樣的辛苦，而讓人們的自我在顫抖中度日。他歉意的是，司徒凱自覺他沒有盡到智者的醒覺，去誘導城市人們走出空氣污染與噪音干擾的惡劣環境中，而走入生命的綠之本體中去。

司徒凱知道，在鄉村的人們，在山林中的人們，那些嚙著檳榔，咬著旱煙的，偶而來瓶米酒加幾碟花生米或是幾粒生蚵的人們，那些過著秋收冬藏，與世無爭的人們，是多麼的暇意。司徒凱見到鄉野的人們，其軀幹是挺直的，鄉野的人們沒有大肚皮，沒有過剩的脂肪與澱粉；鄉野人們的目光閃亮著親切與祥和，鄉野人們的氣息是綠的，只因他們呼吸著綠的氣息，沐浴著綠意。

司徒凱帶著那些城市裡高傲的人們走進了山林，也穿過了鄉野；他們頻頻聽到山林裡的人們與鄉野裡的人們親切的招呼聲：招呼著吃地瓜粥，招呼著飲米酒頭仔。城市裡的人們，先則還維持著高傲的闊步，趾高氣昂的；他們恐懼他們的西裝革履沾染了鄉野人們的野味與愚昧，他們恐懼著他們的虛偽自大被山林裡人們的山味與無知所沖淡。可是城市的人們沒有料到山林裡的綠、鄉野裡的綠、鄉野人們的綠、山林人們的綠，是一種無臭無味無色的同化，是一種無形體的融貫進入，因之城市人們的高傲崩潰了。城市人們的虛偽崩潰了，城市人們的憤怒、貪婪和醜陋崩潰了。城市人們悲傷著、懊悔著，他們悲傷著、懊悔著為了他們曾經忽略了綠、棄絕了綠，而使生命沒有意義。

司徒凱很是欣慰，只因他的「綠即人生」的觀念，導入了人們的心胸中；讓城市的人們滋生了綠意，也讓鄉野的人們、山林的人們加深了綠意。他沒有阻止城市人們，去對綠之神的宣誓與膜拜。

因此，司徒凱如此說：「綠即生命。」

（刊1974.11野外雜誌69期）

司徒凱如此說：去敲叩那扇門，人們

司徒凱如此命令著人們：去敲叩那扇門，人們！

司徒凱知道人們不知門內到底是什麼情況？亦即不知道門內的景物，到底是耀眼明麗抑或黑暗悽慘的境地。也或許僅只是人們可輕易達成的企盼，抑或僅只是一再的失敗而失望而絕望而已。司徒凱知道人們不知道門內到底是什麼狀況？亦即不知道門內到底是揚帆遠颺的船隻，抑或是骷髏處處堆置的境地。

司徒凱知道人們是有著慾望的，所以才會去敲叩那扇門的。司徒凱知道：為了那扇門，人們才會奮起勇氣，振作起意志的，人們的意志也才會一而再的奮發匯聚起來，愈挫愈奮，一而再的累積著興奮、鬥志與生存的慾望；而也在這時門終於開了，人們知道了門內的真相，而那真是一番兩瞪眼的時候。而當那慾望的滿足或絕望時，人們也已經斑白了髮，而齒牙也已動搖了。

司徒凱知道人們的可悲，在於沒有勇氣去敲叩那扇門；司徒凱知道人們的可悲在於徘徊復徘徊，欠缺信心。司徒凱告訴人們，不去敲叩那扇門，怎能知道是否開得開，而其裡面的景況又是如何；可是多數的人們還是充耳不聞的，因為他們有著恐懼感，恐懼遭受到絕望與失敗，恐懼被指責與被嘲諷。司徒凱告訴人們，不去敲叩那扇門，又怎能知道一定會是失望的呢？

司徒凱如此的說：人生本來就是不斷嘗試與失敗的，也在嘗試中得到智慧的累積，並在失敗中獲取了經驗與成長。司徒凱如此的說：人生本來就是不斷的追求，尋覓一個又一個的目標，而後以累積的血淚去達成目標，人們因之而獲得滿足與成就的喜悅。可是，那喜悅也只不過是短暫的一下子而已；在那剎那間之後，甚至於仍在追求其他目標的途中，他已然又爆發出另一個其他的追求目標，然後他又去追求那個其他的目標了。也就是說，有時他的追求目標是多面性的，有好多個追求目標同時存在的，並且如此反覆的追求復追求著，以至於生命終點的到來。

司徒凱知道長城是一塊塊土磚頭堆疊出來的，司徒凱知道金字塔是一點一滴的血汗砌成的；而採擷薔薇花是要刺痛手心的，品嘗硬殼果是要冒著咬破舌頭的危險。司徒凱知道沒有任何一樣成果不須經過暴風雨淬鍊而可達成，司徒凱知道沒有哪一樣成果不是血淚所匯聚而成的；也就是說，得來全不費工夫的成果是廉價的，引不起興奮與滿足的。司徒凱知道受過暴風雨肆虐的經驗、流血流淚的痛心苦楚，在在皆是致力勉力再致力勉力所導致的；而如果有因之而達成目標，那才真正是享受。

司徒凱知道致力勉力再致力勉力的，是基於極度發揮毅力和勇氣所使然的，但前題是首先還是要以有此欲望為起點，才會有行動去敲叩那扇門。

誰說的，這是失落的一代；誰說的，這一代由於沒有精神的食糧而迷失了。這是一個尖端哲學以及尖端智慧擺在眼前的時代，是知識爆發呈現在你我跟前的時代；只是人們常是憚懼於嘗試，只是人們常是憚懼於敲叩那扇門而已。司徒凱知道面對千百樣菜餚，即看已飽足，而淺嘗幾道菜餚亦可吃飽的；當人們面對了書海書庫，人們大多是氣餒的，他們會這麼的想著：如果看不完就乾脆不看了。司徒凱說，這就是徘徊，徘徊於那扇門之外。

司徒凱知道大多溫帶的人們會怕冷，因之不敢到零下的寒冷地區去。司徒凱知道人們因之不能體會到零下二度的地方去喝烈酒的感受。其實，那正如在零下二度的地方飲冰開水一般，不會冷顫，而卻是會熱力自腑肺昇起。司徒凱知道人們不喜歡泥濘，卻也因之不能感受到泥濘的溫軟與可親性。「去吧，人們！」司徒凱疾呼著：「去敲叩那扇門吧！」

司徒凱如此的說：「去敲叩那扇門吧！即使敲叩不開那傘門的話，至少可以增長經驗的累積，何況人生本來即是在追求復追求的。而有追求，方可擷取回憶的點點滴滴，而回憶盡皆是完美的；只因時間已濾去了當時血淚的雜質，其所留存下來的只是春意濃濃而已，所留存的僅是初夏的憩息而已，所留存的僅是初秋的清爽而已，所留存的也僅是冬日的爐火而已。

因之，司徒凱如此的說：「去敲叩那扇門，人們！」

（刊1975.01野外71期）

其他

草

輕輕的，小心翼翼的，妳從那馬路旁的石縫中爆了出來；以一份少女的羞赧，以一份嬰兒的酡紅，妳望著那馬路上高傲的椰子樹，妳望著妳身旁的小沙子與細石子。

一份新綠在妳的唇邊蕩漾著，不刻意的抿著嘴，也掩藏不了妳的歡欣。且歡欣於朝露，且歌舞於夕陽；什麼是淚？什麼是血？妳沒有任何的經驗。在妳的心目中也從來沒有任何的刻劃與記憶，在妳的腦海裡也沒有任何的印象。

聽著山的嚎，聽著海的嘯，聽著人們的囁嚅，聽著雀鳥的叫囂；而這田園是多麼的美妙，妳且搖晃著妳的兩頰，妳且輕輕的點著妳的頭。一份自足，在妳的頰上突的昇起。

這裡沒有風沙的洗禮，這裡也沒有獸蹄的蹂躪；且以新綠望向馬路，且以驚懼探視著沙石。妳就是一株清新的草。

（刊1968.02.15成大工管系報／1968.08.04台灣日報／趙琪）

黑色星期五之戀

外面喧嚷的音響，意味著他們已考完試了；而在我面前，我仍攤著我的空白試卷，我填加上去的墨汁與筆跡不多。這時刻，我腦海裡絞雜著一大堆一大堆的亂絮麻繩，我究該如何去解開這麼多亂繩的糾葛呢？我的眼珠兒又遲鈍了，我的思維變成了一片的空白，在這難纏的時間裡，為何時間是如此的漫長，而這光陰為何又是如此難耐！

似乎有守夜者在敲叩著扇門，似乎有跫音走過了長廊。哦，這個結該使用「炒法」；哦，這個結該以「燉法」開啟，驟然我眼前的那隻獅子，大聲吼著：「交卷了！交卷了！」

以一份「待宰」的心情，以一份驚懼的畏怯，且搖晃著身軀投入了黑夜。這真是一個難耐的黑夜。

勝利路正以燦麗的霓虹燈，攤開雙手在迎迓我；而我，在一月裡突然有一種落寞，一種屬於淡淡空虛的落寞，且緩慢的蹀踱著在這校園區裡，且狩獵著未來的回憶。七天，一天有二十四個小時，而這些許的光陰該如何去扼殺呢！

我已慣於這裡的陽光，我已慣於這裡的泥巴氣息和空氣；追憶著考試前的緊張，回想著考試後一那剎的歡暢與如釋重負的輕鬆，而這一些都將別離了。而這一些都將別離了，在七天後日子的到來，整整的一個上帝創造天地加上休息的日子，太漫長了，七天，太漫長了！

是的，我已慣於被驅趕著去讀書，我已慣於被逼迫著去做功課，我是不願意把時間廉售給空閒的人；可是，而今一連七天的空閒監獄正敞開正門，這怎不令人感到失落！

且緩步，且輕輕的踩過擾嚷的勝利路，在這成大校園區裡的勝利路，且望著那顆辨識方向用的北斗星，我要輕輕的詢問：在二月四號的台南，我將在何處會碰見妳。

（刊1968.02.15成大工管系報）

時間・智慧

一、佛爺腳下

流浪在原野裡，不知不覺的已過了二十來個年頭了，前年拼著頭破血流的危險爬上八卦山，本認為這一來可以登高一呼聲震天宇了；哪裡知道，事不由人的，頹牆的青苔使我一滑跤的，就滑溜溜的溜到了佛爺的腳下。

過慣了森林生活，吃慣了家禽野獸肉；而今天卻以饅頭在餬口。

聽慣雲雀的叫囂和風的呼叫聲，而今天我與暮鼓晨鐘為伍。

掙扎著想卸下背負的木荊，可是越是用力，這桎梏越是緊扣著我。

我並非不信佛，我並非不想淨化我的思慮；可是，我要求自由，自由得可以自行棄除自己內在的野性。

為什麼要架我以牛軛呢，為什麼要以鞭鞭擊我呢？

多少個夜晚，我否定了牛軛與鞭擊，想想那逃課、想想那抄襲、想想那考古，在智慧與時間之外，不同的機會中怎能拓出相同的坦途。

牛津就是牛津。

二、上帝

由於前幾天接連的巷戰，使我不禁要懷疑祢的傑作的優美性與和諧性了。

想想那些草原的和諧，看看那些小兔、小鹿的惹人憐愛，為何單單人的生活是緊迫和空虛的補白！

上帝呀，祢造了天地又造下了人類，而這筆賬是如何方能平衡呢？

曾記得我的禱辭：願眾生平等！

喔，也許太遙遠了，而因此這個世界充斥著驚悸與血肉，而因此人與人競相佈他人腳下以泥濘，絆倒他人，而自己則選擇那些微沙的地，好走的路，而由於這樣，自己就可以偷偷跨過起跑線。

上帝啊，上帝。

三、阿拉

忘了祢是哪裡的人？也不知道於今祢在何處，只記得三歲的時候，在人生舞台的角落裡，我們曾經相遇過，相遇於一個偶然。

那天，祢兜售著智慧與時間。祢說：「智慧可以使你有效的去運用時間，而時間可以掘起更多的智慧。」祢問我，我要什麼？

我以乳牙去咀嚼智慧與時間的分野，可是我分辨不出到底哪一種較合我的口味。我以眸子去探視，可是我權衡不出何種較為美，我思慮片刻後，最後我決定兩種都要買，我堅信付出代價必能獲取碩果。

可是，當我翻遍了整個的口袋，我竟然迷茫了，我是窮得連個銅板也探取不出來的。最後，我搖了搖頭靦腆的說：「很抱歉，忘了帶錢來。」祢說：「沒有關係的，下次也可以買。」

如今一晃，太陽的起落已有無數次了，可是我們沒有再相遇！

最近一連串的戰鬥，我的智慧已用盡，我的時間已透支，我如何才能再撐起我意志的旗幟呢，我如何才能夠攻克眼前的那個碉堡呢！

阿拉，我何處才能找到祢呢？我每次傾聽到火車笛聲的到來，我就盼望著祢的到來，我夜夜在夢中輕輕的呼喚著祢，我要問：祢何時再來？

阿拉，售我予時間，賣我予智慧吧！這二者都是我所欠缺的。

（刊1968.04.10成大工管系報）

獻

在那一個的傍晚裡，我徜徉於微風的輕拂之中，以在水塔上度著方步的白鴿之姿，以悠閒安然之狀踱著方步，日子裡沒有什麼可書寫的大事了；突然，我的耳際傳來了電話亭的鈴聲，那是那麼的令我驚喜的、誘引著我的鈴聲呀！我以超乎想象極快的速度穿越斑馬線；可是當我拿起了那只聽筒，我把聽筒貼近我的臉頰邊時，那話筒只傳來嗡嗡之聲，無人回應或呼應時；一股冷冷之氣，驟然佈於我的心頭上。

是的，不穿越荊棘的路，我就不能進入金字塔之中，而去探究其中的奧祕；我在想，要走過荊棘的路，先要儲備自己的智慧與能量，而要有如此的作為，那我就必須先讓我充實自己吧，而後再讓我去開創天地，我要走過荊棘的路，前進著。而當我摘取紅色夾竹桃，那時我希望能知道妳究竟在何方？

（刊1969.06.01成大工管系報）

圓山冰宮那女郎

又走在往圓山冰宮的路上了，多少次了，我可不在意的。我又何必去費神思量呢？反正我置身在冰宮裡，那就是置身於一種異國風味中了，相對於外面的世界而言。而這對一個經常擁抱著流浪心態的流浪者來說，若能品嘗到異國異鄉的風味，已然是一種絕大享受了。況且，就人生的旅途來看，又有誰不是來到這個人間裡流浪的呢？而且一下子的，不分貴賤的，你我也就要離開這個人世間的了。

何況在冰宮裡的氣溫降低之後，在冰宮裡的冰之上，就常會播灑著稀鬆雪白的雪花了；而瀏覽著白雪花，我的瞳孔內也會積滿淡淡的愉悅的雪意。人家說透明成塊的是冰塊，而鬆散如粉雪白的是雪花。

踩在冰宮的場子裡，迎面襲來一股透骨涼氣，F10度的窗外，正散落著撲鼻而來有點囂張的風沙哪；而冰宮裡的涼氣與涼意是來自四面八方的，我也像是置身深山洞裡陰涼的氣息中了，有那麼一丁點兒的寒意與濕氣的。

冰場裡的人群流轉著，男男女女的，每一個人們都像在繞著同心圓似的，也都像是在繞著圓心的霓虹燈一樣的旋轉著。

而在那一剎那間，不期然的，我又把我的注意力駐留在妳那嫩綠的背影上了；已不知道有過多少次了，我們不期然的在同一個時間裡出現在同一個的冰宮裡，也不知道妳我的眸子有多少次相遇相會在一起。而更有多少次的我們假裝是不經意的瞥見而已，所以我們又急急的有意的撇開眼神而去。

妳那嫩綠色的倩影穿梭在人群的環流中，妳似一顆飛速的流星劃過了我的眼眸前，更似一隻初春的蝴蝶飄舞在花叢中，揚起了一份青春的喜悅。而後，妳以一個快速滑行的舞步之姿，滑行到場子正中間去，再以鶴立之姿旋出幾個旋轉，就讓那短短的連衣裙旋開成了一個張開的傘葉。突然，妳在那幾個旋轉中加上了一個逗點，而妳就那麼不經意的停止下來了。妳那張滿的裙傘急促的剎住而往下落去；我在懷疑那個旋轉是否來自於妳那漲滿的芭蕾舞姿，怎的一下子就沒了蹤影呢。我在懷疑那個旋轉是否來自於妳剛才急速滑行的終止，怎的一下子就停止住了妳的曼舞呢。

我輕輕的吹呼著氣，是太冷了，屋內的溫度冷得我的手指尖有點兒凍僵了，而在呼氣之中，一縷雪白霧氣就匹練似的凝住了，而冉冉的擴散開去；妳有一份臉頰上的酡紅，那是健康的美，而那酡紅綻放在妳的臉頰上，似又是一顆紅蘋果般的紅潤了。

妳又旋轉了幾個的圈圈，而後又快速滑行著；妳身輕如一隻掠過水面的飛燕。對啦，妳多像一隻初春掠過藍天白雲的雛燕呀。

妳又滑行又旋轉了，妳的右手輕巧的向前伸展過去，再向前伸展過去，正像斜揹在肩上的提琴，總會拉出輕快悅耳的音符，也像駕御著雲氣而行的，沒有一點兒的著力感，而有的只是一團液態的氣態的輕盈。

環行的人群，串聯成了一隻蜈蚣狀的在滑行著，也似流質的液體在蠕動著。一個跟著一個，一滴水滴跟著一滴水滴似的。那些年輕的男男女女，他們各自穿著各色各式樣的衣衫，而就那麼樣有秩序的循序滑行著，於是冰宮裡就變成了一道彩虹，在雪白的霜雪之上，流轉復流轉著。

一把裙傘，一把嫩綠裙傘，啊，妳撐起了一把嫩綠的裙傘，又撐起了一把又一把的；於是在妳裙角的圓周上，開開合合的抖落了無數把的小洋傘，無數把的綠色小洋傘。

偶遇到妳的眸子，我就見到妳內在的那一份滿足與欣喜在妳的雙眸之中；而後我們又不經意的撇開眼神了，那相互吸引著的眼眸的相遇。

是誰說的，下一次的運氣不會比這一次好；就讓我們不斷砍伐木材，構建一艘小風帆吧！我終將與妳相識的。

午夜裡，馬車轆轆的經過了，我沒有落寞與孤寂；我擁有的只是一份平靜與帶著一點點的企盼而已。

（刊野外雜誌73期1975.03）

蟲仔蟲仔

蜜月旅行的時候，我們匆匆忙忙的到過了許多的地方，比如：澄清湖、鵝鑾鼻燈塔、南橫公路及蘭嶼等的，而後又到花蓮去玩，最後才回台北。在時間極為短促之下，而去的地方又很多，那種舟車奔波的勞累，也著實令人吃不消的；不過，看在是蜜月旅行的份上，一切新鮮；而所到之處亦是以往未曾去過的新鮮地方，所以雖說舟車勞累，在車上打個盹兒、瞇個眼的，也還能撐得過去。

舟車的勞累固是一回事，但在偶有的恐懼之下，比如車行山路，在蜿蜒曲折的斷岩殘壁旁行走，或在窄徑中偶須會車的，我們都須要提心吊膽的，深恐一個不小心就會發生意外；所幸，駕駛先生是幾十年的老練駕手，其駕技非常純熟，總是可以化險為夷，平安度過。

這是完全可以理解的，恐懼是比勞累更令人難予忍受的；尤其是在蘭嶼的時候，那時適值颱風季節，我們去是去了，一下飛機，就傳來飛機停航的消息。也就是說，回程卻沒有飛機也沒有船可搭的了；而颱風駕臨已使蘭嶼的對外交通全面的中斷了許多個班次。而且，何時能恢復對外交通，是未知數的，沒有人敢打包票！這種未知，讓我們更是擔心！

在等待班機回台的時候，由於對蘭嶼，我們兩個人都是人生地不熟的，又不敢自已外出探訪那裡的風情美景，只有呆在別館裡，心情鬱悶的很，所以就更加急切的希望回台北。台北雖非我的故鄉，但也住居了多年，對那裡的車多、廢氣多，雖或有微辭，但也已習慣了。

後來班機又恢復了，我們就急急的搭上第一班返台的「空中小巴士」到花蓮去。所謂「空中小巴士」，其實是一種不足十人座的小飛機，並非顧名思義的「路上跑的巴士」。在花蓮逛逛森林遊樂園、藝品店以及夜市，住了兩晚，然後再轉機回台北；而回到了台北，台北已是華燈初上了。

「還是回來台北，比較好！」我和妻倆個人，異口同聲的說。

「回台北，心才篤定！」妻又嘆了一聲。

我們卸下了行李，妻已跑到廚房去打開水龍頭了，只聽水嘩啦啦的在響著。突然妻「唉唷」的大聲喊著，就衝至客廳。

「什麼事？」我被她那麼沒來由的喊叫聲，嚇了一大跳的，當下我就急切的衝至客廳去問著。

「蟲仔，蟲仔！」妻的聲音裡，有著顫抖。

我一面趕忙到廚房，一面問：「什麼蟲？」

「蟑螂，蟑螂。」妻比較平靜的說。

我一聽是蟑螂，就比較放心了。蟑螂是小小的昆蟲，並沒有什麼可怕的，對我來說。

接著，我蒐尋了一下周圍的環境，想看看蟑螂到底在哪兒的；我發現有一隻蟑螂在瓦斯爐旁，正斯斯文文的在伸著它的大腿。

我慢條斯理的去拿起木屐來；我的動作所以要慢條斯理，是深怕太粗重的動作會嚇跑了它。待我拿好了木屐，我就冷不防狠力的往蟑螂敲過去。等我掀開木屐一看，只見一隻原本活生生的蟑螂已經變成了蟑螂的肉醬，濺在瓦斯爐旁邊，也沾在木屐的底部。

把蟑螂解決以後，我安慰著妻：「蟑螂，沒有關係的啦！」

「我，怕蟲仔耶！」妻較平靜的說。

我家在南部的小鄉鎮裡，我對蟲仔是見多了的。舉凡各類的蜘蛛、毛蟲，我都看過不少種；何況是蟑螂這種長久與人類為伍的昆蟲，當然更是司空見慣。

我記得在嘉義山區的果園裡，在那些長在柑橘科的柳丁、橘子、檸檬等樹上的毛毛蟲，雖然其成長為蝴蝶時是五彩繽紛的，很是可愛；可是這些小毛蟲卻是我最不敢領教的昆蟲之一。

那些長在柑橘科的小毛蟲，它們都是綠綠肥肥的身軀，有兩根觸角是紅咚咚的，身體上又有一環環的、鮮艷的，金色或紅色等的色彩；它一經壓死，其深綠色的身軀就破碎滿地了，而那兩根紅紅的觸角，也吐出了一股令人聞之作嘔的惡臭味。那種惡臭味，有時還真令我嘔出了胃中的食物；而且毛毛蟲也越大越臭的，而我也嘔吐得愈甚。

可是不知道為了什麼原因的？但經驗告訴我們，女人大多害怕小昆蟲的，甚至於是貓呀、狗呀等的動物。心理學家告訴我們，越怕狗的人，狗越會欺侮他的；這是因為怕狗的人，體內會分泌出一種內心恐懼的異質，令狗也感到不安，而出現攻擊行為。

我在發現蟑螂之後，接著也發現螞蟻和蜈蚣；而螞蟻又有兩種：一種較小的，是紅色的；一種較大的，是黑色的。

說到螞蟻，有一天妻在飯桌上發現了一隻螞蟻，她尖叫了起來。我惶恐的探索著；螞蟻是群居的昆蟲，有一隻出現，必可發現更多隻的。

我從桌面上查到桌底下和地板上，又順著地板查到了牆角邊去。果然在轉進浴室的地方，哇！原來螞蟻是從浴室上頭的小窗子爬進來的。

那小窗口是和厝邊那一幢相連的，我把螞蟻一隻隻的壓死；我是用指甲面去接觸它的，只聽一聲聲微細的爆聲，一隻隻的螞蟻就被壓死了。

我又用手指的指紋面，去抹去螞蟻所走過的路線；因為在我的觀念裡，螞蟻好像沒有長眼睛的，或者說即使有長眼睛的，其視力也是很差勁的，而它們所以不會迷路，乃是藉助於分辨自體分泌物的氣味而達成的。我把螞蟻群走過的路線，用手指去抹一抹的，亦即用我的體味和它的氣味去混雜在一起，而造成一種混亂氣味，使其分不清路線的混亂。而當我的體液和它的氣味混合著時，螞蟻就很難辨認哪是它的兄弟曾走過的路了，所以螞蟻群就不會再走在同一條路線了，也不會再混進屋子裡了。

經過這樣的處理以後，我本以為螞蟻會不見了的；沒想到，隔了一天，真是奇怪的很，在飯桌上我又發現了兩隻螞蟻在招搖著。

我看看昨天才發現的螞蟻的行走路線，並沒有螞蟻在其上行走的。我再東看西瞧的，就是發現不了其來蹤是在何處。

而這真是萬萬沒想到的，我為了寫一篇評論文章，我從書架上抽出了一本作品來，我赫然發現有些白色與黑色的小點掉落地面，我仔細一看，嘩！原來是螞蟻。

「珊，我找到原因了，有螞蟻窩在耶！」我驚呼著。

「在哪裡？」珊也很高興的，因為我終於找到了螞蟻的根基地了。

「看！」我指著掉滿地的黑色和白色的螞蟻。黑色螞蟻是螞蟻的成蟲，白色螞蟻是螞蟻的幼蟲。

「哇，那麼多！」她後退了好幾步，驚呼著。

她瞧了一眼地面上，或許是起了雞皮疙瘩的關係，她搔搔癢的說：「好癢，真嚇人耶！我看我還是去洗碗的好了，這裡，你就自己整理好了。」接著她就遁掉了！

我很謹慎的取出了一本書拍一拍的，將螞蟻拍落在地面上，而後抓著衛生紙猛擦著地板，擦得衛生紙都擦破了。接著我又把書本，一本一本的拿出來拍一拍，有時掉落的螞蟻實在太多了，我就用火攻，劃上一根火柴將紙點燃，然後去燒螞蟻群。

我把書一本一本的拍著，把螞蟻一隻一隻的捏死，甚至不是螞蟻巢穴的書籍堆，我也檢查了一下，而後才把書籍重新排列在書架上。

那一天，我從晚上七點直忙到十一點多才把螞蟻的巢穴處理掉，而在那種坐在矮凳上彎著腰的工作，讓我蹲得背脊幾乎直不起來。

我後來一想，那一次的螞蟻群，所以會在書架上築上巢穴，可能是那時是陰雨天，地面很是潮溼，它找到溫暖不潮濕的地方，當然就以書架為家了。

再就蜈蚣來說，我是在洗菜檯上發現的。當時妻正要洗空心菜，突然她「哇」的一聲，就轉過身來抓著我的腰。

「那是什麼？」或許她是嚇到了，妻結結巴巴的說：「怎的會動！」

我低頭一看說：「是蜈蚣。」

「蜈蚣，怎的會有！」

「天氣太潮溼了，蜈蚣順著排水管爬上來的了。」

「怎不會是水管裡流出來的呢？報紙上說，我們板橋的自來水有紅蟲的，會不會也會有蜈蚣？」妻持著懷疑的態度說。

「板橋自來水廠不是說，紅蟲是用戶的水塔不乾淨所使然？」

「這，誰曉得！」

我用筷子，那是我就近所能取得的，無須用我的手直接去接觸到蜈蚣身子的工具，我用其反面把蜈蚣壓死了，並且拋棄了筷子。

我用就近所能取得的工具去殺死蜈蚣，原因無他，因為如果我再去客廳取回衛生紙之類的東西來壓死它，我深怕蜈蚣早已溜掉了。

妻的眼力不好，是有五百度的大近視。可是奇怪的很，她扒兩口飯或是咬一口麵包的，偶而的她就會發現其中的蟲仔或螞蟻之類的東西；而那些蟲仔或螞蟻之類的東西，若是在我碗裡或麵包裡，我可以肯定的是我絕對發現不了它的，我必然的會將之與飯或麵包一起吃下肚去的，因為我不會整天盯著碗裡的東西或被咬了一口的麵包去看有沒有蟲仔或螞蟻之類的東西。

「妳看得到蟲子？大近視眼。」有一天，我這麼問。

「大近視眼？我吃飯看碗裡，吃麵包看麵包，蟲仔是跑不了的！如果有蟲仔，我都看得到的。」

妻每次洗菜，總要仔仔細細的洗過來又洗過去的，洗了好幾道以後才能下鍋。而就文蛤來說，也是要買回來吐沙一整天，再左洗右洗之後才能下鍋的；此外，更麻煩的是，文蛤經過燙開以後，還要一個一個的檢查、沖水，將其中或許還留存著的沙子洗掉，然後再丟到湯裡去煮開，其實這麼一來，文蛤的汁液也都流失了。

她偶而會在衣櫃裡發現蟑螂的大便，而這下子她就非要將抽屜翻過來又翻過去的，清洗它個兩三次不可的；然後再曬乾，然後再重新鋪上乾淨的白報紙墊著，並且將整櫃的衣服統統清洗過以後，才把衣物再收回櫃子裡去。

七月十日，我再怎麼樣的也忘不了的一天。那一天上午，我早早的就到了辦公室，突然的電話鈴響了；公司還沒有開始上班的，不可能會有人來洽公的。我猜想著：準是有人打錯了電話，或是妻的來電。

我抓起了聽筒，對方急促的說：「蟲仔，蟲仔！」

我一聽是蟲仔，心裡頓然安心不少，果然是妻的來電，只因她的驚恐才使聲音變調了，所以我聽不出來。

妻是最怕蟲仔的人了，而事實上那些蟲仔並不可怕的，牠們都是手無縛雞之力的小昆蟲而已，只要我輕輕的一捏，蟲仔就死翹翹了。

「什麼蟲？」我好整以暇的說。

「茶几上，一大片的，密密麻麻的。」妻急躁的說。她向來是缺乏耐性的，心急話也急。

「茶几上，一大片的，密密麻麻的。」我重複的敘述了一遍，可是我想不出到底那是什麼蟲？

「好小的啊，你回來看看！」

「那，妳呢？妳不上班了！」

「我已經請假了！」

妻的命令或者說央求，我是不敢不從的；等我回到了家裡，但見妻站在門外等著，一臉的苦惱與手足失措的樣子。

我匆匆忙忙的開了門，口裡平淡的說：「蟲仔有什麼可怕的，只要一捏就把牠捏死了，何必害怕！」

妻仍然揚起驚悸的眼神，望望我說：「好可怕喔，密密麻麻的！」

進到客廳，我瞧著茶几上，只見白色的桌面和玻璃上佈滿了一點又一點的，如同小白砂一樣白色的小東西。我一隻一隻的捏死牠，一隻一隻的壓死牠，從茶几這一邊順著壓到茶几的另一邊去；又從茶几的那一邊倒過來壓到茶几的這一邊來。

我就那麼樣的來回的迴轉著，一圈又一圈的捏死、壓死那些小蟲仔。我壓完這邊，又去壓那邊；可是等我壓完這邊回到另一邊時，那一邊又是密密麻麻的一大片了，時間一分一分的過去了，我的恐懼也一分一分的鼓脹了起來。我的恐懼所以會鼓脹起來，是因為那些小東西雖是微不足道的細微的、弱小的，卻是源源不絕的湧現！

「這麼的多，怎麼壓得完呢！」我絕望的說。

「乾脆丟掉茶几，不要了！」妻這麼叫著。

我想一想：茶几也值好幾千元的，怎麼說丟就丟！

「想想辦法阻止丟掉茶几這件事。」我在心裡苦思著。在沒有最好的理由下，我只得施以緩兵之計的說：「我找找原因好了。」

我順著茶几的面上看，然後再往下望去，哇，那些瓶瓶罐罐裡也是密密麻麻的。我將瓶罐外頭的蟲仔一個個的壓死。

我在想：瓶罐是有蓋子的，裡頭當不至於有蟲子的了！可是，當我打開了蓋子，那些瓶罐裡頭，竟然可以說是裝著半罐乾辣椒和半罐蟲子的；我一驚的，毛骨悚然的，就像抓到軟軟的蛇一樣，一陣的暈眩，我就把瓶罐摔向了牆角。

於是，一聲急促的輕脆聲爆裂開去，我也因之而驚醒了。

我拿起了掃把，把那些玻璃碎碴子掃在一起，可是那些細如小砂子的小蟲子們，經風一吹的就沾滿了整個的掃把了，也揚散在整個的房間裡了。我看到那些小蟲仔，一層層的擴散開去，似是如同一層層的波浪，而波浪越起越大的，也越來越洶湧的，於是在整個空間裡，就揚滿了雪白的灰塵，而茶几也在搖動著，沙發也在搖動著，所有的一切都在搖動著。動吧，搖晃吧，搖晃吧，動吧！我在心裡嘀咕著。

於是滿目星斗耀目四方的，我看到遠遠的有一條紅色的絲絨鋪向了遠方，我順著往前走過去，四周是觀音竹整齊的排列著。

我向前又向前的走過去，只見那宮宇櫛比鱗次的，還有琳瑯滿目的雕樑畫棟；可是當我跨過了門檻，突然的，群蛇飄落了下來，接著牠們向著我洶湧而過來。有為首的蛇，叫著：「嗨，來看這個兩隻腳的動物呀，來看看那在人世間裡耀武揚威的兩隻腳的動物呀，牠們個個都是自私自利的傢伙，整天在爭權奪利的兩隻腳的動物。」

於是，牠們捲上我的身體，也有的是攀上了我的手臂。我呼叫著：「求求你們，求求你們，放了我吧，我不自私的，我不爭權奪利的！」

可是牠們仍然凶惡的攀上我的頸子和我的身軀，一圈圈一條條的堆疊了上去，纏著我。

我支持不了那種又冰冷又軟軟的蛇體的纏繞，而更令人恐懼的是，我無法支持自己對死亡降臨的威脅了。我癱了下去，且不自覺的是跪下了我的雙膝，我苦苦哀求著；而那種跪姿，是我向來所不屑為之的。

為首的那一尾大蛇，牠瞪著兩個小小的眼珠子，瞄了我一眼說：「看，兩隻腳的動物就是這樣的貪生怕死的；就因為是貪生怕死的，所以只要能苟活下去，又還有什麼事不能做呢？比如卑躬屈膝的、顛倒是非的、爭權奪利的、小人成群結黨的、暗箭傷人的事，又有哪一個不能使用呢？

「我沒有這樣的，我沒有這樣的！」我昧著良心的否認著。

後來，那尾大蛇思索了一下說：「對啦，這個兩腳動物，我認識他的，他叫姚世譽，是一位愛寫一些又酸又臭的文章的傢伙，他整天價日裡，就會胡思亂想的想改造他們那個不公不義的、貪婪的社會。」

我一聽，簡直快昏過去的，竟然連蛇族也認識我這個自認「賣文章」的傢伙；我一陣過度的欣喜與興奮的，我竟然真的暈眩了，我的兩隻腳幾乎要癱掉了。

在朦朧中，只聽那蛇又說著：「放了他吧，他在他的工作崗位上，還能行得正、立得正的，不為私己著想的哪。」

（刊1976.09文藝月刊87期）

病及其他

望著蝌蚪文，蝌蚪文似在跳躍著，跳躍著如魚的跳躍。跳躍著那種新鮮、陌生而昏花的跳躍，好像非要向我這個自小習慣於方塊字的人示威一下不可的；我的脊椎骨有一陣陣的冷昇起，正如同傾盆大雨的往下游動一樣的了，病了，我是病了。

該死的考期逼近了眉睫，而我這時才生病，那真是不幸的，哪時不好生病的？去年的去年，在鳳凰木花開的季節裡，從遍植鳳凰木花的校園走出去，我頂著方帽就向戈矛相向的鬥牛場前進；只是我把不住到底我是當牛呢？還是當鬥牛士的。如此的蹉跎著歲月，不覺的一晃兩年已過去，同窗皆已飄洋過海或者頂著錢肚財腸事業有成的；而我自己卻仍是一個癟了氣的氣球，只慶幸沒有餓死。太平洋太遼闊了，沒滿氣的氣球飄呀飄的，飄不過去的；而錢袋太遙遠了，沒有滿氣的氣球呵，追不到逮不著那些錢財的。

因此，我只得每天簽到簽退的，每天做著同樣的工作，撥著算盤珠子做做報表；而這些報表也不要你去做系統分析的，也不煩你重新設計流程圖的。曾記得有一次，我自己斗膽的，竟然拿著刀斧指向二、三十年前的報表格式，想要為它修飾修飾的，果然釘子不小的，碰不得也。當時所獲得的回答是：人家已經做了那麼久的，都可以做的，為什麼現在有問題呢！好好，人家這麼做我也就這麼做了，至少蕭規曹隨的，若是有不合宜的地方，有不合會計原理原則的，那也非我之過，而是三十年前就那麼樣的設計錯誤的，或者流傳至今已不合宜的，統統怪不得我也，也毋庸我去操心費神的了。

問題就出在年輕，而年輕就是罪惡，年輕就是沒有經驗；我忽然想到年輕與幼稚倒真像是難兄難弟，門當戶對的。你可知道，在老人家的面前，年輕等於是幼稚無知的代名詞。

吵雜聲喧起，一晃不覺已到了簽退的時間了；我拖著因單調而疲憊的身心，因無所事事而引起的疲憊感，走出那斗大的金字招牌。記得對那金字招牌，那是曾令我嚮往的，當我接到金字招牌的召喚時，我雖已然在某企劃室裡工作著，但那斗大的金字招牌閃耀著金碧輝煌，於是我昂首闊步的走了進去，去做為那金字招牌下的一個成員，我怎可不端莊呢！

「請往裡面走，請往裡面走。」車掌小姐招呼著。我擠著那沙丁魚似的公車，車裡的汗臭與臭腥味齊往我的鼻孔裡鑽。

猛然的一個緊急剎車，車子「軋！」的一聲，女同事的菜籃子翻了，抖出了雪白的豆芽菜和冷凍的豬肉，她俯下身去撿拾著，是可懷疑的，她到底是在上班辦公還是在上街買菜的。

窗外流線型的轎車飛馳著，飛馳著，這是個繁華的世界；也是一個繁華的時代，是鼓勵每個人專注的去追求物慾的時代。

有一天，我去查印刷品的庫存量，其中部分已報廢不用的印刷品積滿了灰塵，而部分尚在使用中的印刷品，其存量足可供給三、五年之用的，想著在校時，那些「作業研究」課程中的存量管制，我就愜意的笑了起來。

「哦，不，今年不印的話，明年就沒有那麼多的預算了，等到萬一真要用的話，反而沒有預算了，所以我們寧可多印一些的。」好吧，多印就多印吧，反正是公家的錢，公家的經費；可是那也是老百姓的錢呀！再說，為什麼大學裡要開「作業研究」、「生產管制」的，為什麼要修習「存量管制」呢？是不是學理和實際之間總是有段距離的關係。

曾聽說：人生以服務為目的，這是一個多麼崇高的社會道德呀。曾聽到很多的人滿嘴吶喊著貢獻國家、貢獻社會的，而我是多麼的想要為這崇高的志氣而鼓掌喝采呢。

可是女同事上班的高談闊論，其犬子如何？其犬女又如何的？而男同事則炫耀著，從吃過的哪家餐館的菜色如何的，其裝璜及氣派又如何的，直聊到外面的顧客高聲的喊叫著：「等了半個鐘頭了！」的時候，才懶洋洋的敲上個圖章付款，似乎非如此的，不足以彰顯其官架子之大，難道此為為民服務嗎？

是哪位被勸退的人，如此說的：「唔，不，不，我還年輕，我還有力氣工作呀，怎可就如此退下來呢？工作輕鬆，錢也不少一個的，何況每天又有那麼多新報紙可以免費看呀，如果一旦回家，哪捨得花那麼多錢，去訂那麼多大同小異的報紙來看呢？況且還有工友可以差遣，差遣去買包香菸，買個燒餅、油條、茶葉的，或者去繳這個費那個費的，如果窩在家裡，哪有人可以使喚呢？那時不是沒有地方擺老太爺的威風了嘛！

為什麼我會想那麼的多呢？難道就因為我是感冒生病了，唔，果然沒錯的，我不只是肉體上有病，連心理上也都有病了，我真的感冒了；但我繼又想一想的，唉，算啦，人家都可以那麼樣的過著日子的，我又何必庸人自擾，過不得呢？

上帝呀，阿拉呀，釋迦牟尼佛呀，請讓我的病及早的痊癒吧，說不定我也可以做那隻只去不回的候鳥，或者如同他人的，去住高樓、去坐轎車，把腸胃養得肥肥胖胖的。

（刊1981.07.18自立晚報）

後記

個人的這一生，看來大致可以肯定的，是個小人物的角色，個人只是依循小人物的腳步往前走，邁向生老病死的輪迴而已；所以個人沒有偉大的功勳值得書寫，也沒有偉大的經歷發生過，個人所僅有的，僅只是小人物的喜怒哀樂而已。

如果不是熱愛寫文章，或者說如果不是個人對人生還有所期待，期待人生還有更高的價值存在，個人不會去動筆，去寫下那些種種的感受。

小人物的文章，在寫小小的事，在寫那些發生在你我身邊瑣碎的芝麻蒜皮小事，那些你我都可以經歷到或感受到的事；但是那是有血有肉的靈魂，是貼近你我現實生活的事，或許這樣的話，會比較親切自在。

感謝您的翻閱，雖然個人不知道，您是翻了幾頁，或者是從頭讀起。原本個人一直在考慮的，是否將所有的作品都為一集；後來還是決定分開處理，理由是：小小的作品配予小小的集子，名實相符。再者，如果您不喜歡這本小集子，那麼就是丟了，也損失不大；而如果您還喜歡，那麼就請再等待後續集子的出版了，有緣再行相聚。

（2010.11.12）

釀文學46　PG0666

南部風情及其他
——趙迺定散文集早期作品之一

作　　者	趙迺定
責任編輯	黃姣潔
圖文排版	王思敏
封面設計	王嵩賀

出版策劃	釀出版
製作發行	秀威資訊科技股份有限公司 114 台北市內湖區瑞光路76巷65號1樓 電話：+886-2-2796-3638　傳真：+886-2-2796-1377 服務信箱：service@showwe.com.tw http://www.showwe.com.tw
郵政劃撥	19563868　戶名：秀威資訊科技股份有限公司
展售門市	國家書店【松江門市】 104 台北市中山區松江路209號1樓 電話：+886-2-2518-0207　傳真：+886-2-2518-0778
網路訂購	秀威網路書店：http://www.bodbooks.com.tw 國家網路書店：http://www.govbooks.com.tw
法律顧問	毛國樑　律師
總 經 銷	聯合發行股份有限公司 231新北市新店區寶橋路235巷6弄6號4F 電話：+886-2-2917-8022　傳真：+886-2-2915-6275

出版日期	2011年12月　BOD一版
定　　價	260元

國家圖書館出版品預行編目

南部風情及其他：趙迺定散文集早期作品之一 / 趙迺定著. -- 一版. -- 臺北市：釀出版, 2011.12
面； 公分. --（釀文學；PG0666）
BOD版
ISBN 978-986-6095-58-0（平裝）

855 100021569

讀者回函卡

感謝您購買本書，為提升服務品質，請填妥以下資料，將讀者回函卡直接寄回或傳真本公司，收到您的寶貴意見後，我們會收藏記錄及檢討，謝謝！

如您需要了解本公司最新出版書目、購書優惠或企劃活動，歡迎您上網查詢或下載相關資料：http:// www.showwe.com.tw

您購買的書名：________________________________

出生日期：________年________月________日

學歷：□高中(含)以下　□大專　□研究所(含)以上

職業：□製造業　□金融業　□資訊業　□軍警　□傳播業　□自由業

□服務業　□公務員　□教職　□學生　□家管　□其它_____

購書地點：□網路書店　□實體書店　□書展　□郵購　□贈閱　□其他

您從何得知本書的消息？

□網路書店　□實體書店　□網路搜尋　□電子報　□書訊　□雜誌

□傳播媒體　□親友推薦　□網站推薦　□部落格　□其他__________

您對本書的評價：(請填代號　1.非常滿意　2.滿意　3.尚可　4.再改進)

封面設計____　版面編排____　內容____　文／譯筆____　價格____

讀完書後您覺得：

□很有收穫　□有收穫　□收穫不多　□沒收穫

對我們的建議：________________________________

____

____

____

請貼
郵票

11466
台北市內湖區瑞光路 76 巷 65 號 1 樓
秀威資訊科技股份有限公司 收
BOD 數位出版事業部

（請沿線對折寄回，謝謝！）

姓　　名：____________　年齡：________　性別：□女　□男

郵遞區號：□□□□□

地　　址：____________________________

聯絡電話：（日）____________（夜）____________

E-mail：____________________________